致青春

大鱼
大鱼文学

双生
02

如果天黑来得及

It's too late

云上 / 作品

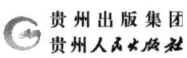

贵州出版集团
贵州人民出版社

图书在版编目（CIP）数据

如果天黑来得及/云上著.-- 贵阳:贵州人民出版社,2016.8（2020.3重印）
ISBN 978-7-221-13430-1

Ⅰ.①如… Ⅱ.①云… Ⅲ.①长篇小说－中国－当代 Ⅳ.①I247.5

中国版本图书馆CIP数据核字(2016)第193150号

如果天黑来得及

云上 著

出版人	苏　桦
出版统筹	陈继光
责任编辑	潘　乐
流程编辑	黄蕙心
选题策划	杜莉萍
特约编辑	猫　冬
装帧设计	Insect 逸　一
出版发行	贵州人民出版社（贵阳市观山湖区会展东路SOHO办公区A座　邮编：550081）
印　刷	三河市华东印刷有限公司
开　本	32开（880mm×1230mm）
字　数	215千字
印　张	8
版　次	2016年10月第1版
印　次	2016年10月第1次印刷　2020年3月第2次印刷
书　号	ISBN 978-7-221-13430-1
定　价	42.00元

/ 百万次的相遇

我遇见你时
有风

/ 猫冬

现在聊天,都觉得彼此好像已经认识了很久很久。

实际上从第一本《可惜没有如果》,到如今的《如果天黑来得及》也只是 3 年时间。

彼此都慢热矜持,不知不觉像个密友一般,大概于去年深秋时。

聊完稿子的间隙,她感慨了一句"啊,略想恋爱"。正好我还认识两位年龄与她相近的青年才俊,苏南人,且高,一八五以上,气质干净长相清秀。于是,我忍不住就……然,其中我玩"天下 3"的实验室狗徒弟弟,他号称自己还未成年恋爱压力太大拒绝了我;另一位建筑师哭着说我现在在全国工地当农民工无法给她幸福就不耽误人家了吧。我恨铁不成钢,她多么好,你们走大运才会认识我给你们介绍她好吗?!

长得美我就不多描述了，更何况她还乖，又温柔，且善解人意。

　　我记得我刚加她微信时，她跟朋友开着一家名为叙旧的咖啡馆，偶尔朋友圈晒她烘焙的蛋糕，样貌精致令人垂涎欲滴。生活总是积极乐观，行动力强，我总羡慕她"世界那么大，既然有假，那就怀揣钱去看看吧""规划行程，说走就走"的魄力。

　　更可怕的是，她如此美好，却非常非常勤奋。在一股懒惰不交稿的泥石流里，她就是单纯不做作的清新小白花，说交稿就交稿，绝不拖沓。就算如今工作忙成狗，偷闲去看看世界，还依然保持产出，故事亦是一本比一本精彩。

　　《如果天黑来得及》是她一直想写的悬疑故事，我还记得我看完她刚交上来的稿子，惊心动魄好半天，机械地刷着微博缓神。温毓和晏怀先之间的喜欢，温暖认真，是唯一一道暖色的光。而我记忆最深刻的大哥温岫，后来再回头看，看到描写他微笑温柔的句子就觉得心悸。

　　她跟我说，想写2，但具体的故事不知从何下手。我一边哈哈笑着鼓励她加油一边哈哈嘲笑她"让你写那么精彩的结局"！严肃地说，我可害怕读者看完故事去敲你闷棍。她回答说，我写的时候也怕哈哈！

　　啧！

如果 / 天黑 / 来得及

-001- 楔子
如果天黑之前来得及

-005- 第一章
所有人都会说谎

-050- 第二章
不是每个人都求之不得

-073- 第三章
这个世界，生而不平等

-098- 第四章
我那么相信她啊

如果天黑来得及

-120- **第五章**
她们，不是朋友吗？

-143- **第六章**
终于不再是一个人

-164- **第七章**
永远都不会喜欢他

-183- **第八章**
她终究会成为孤身一人

-208- **番外一**
她不信命————顾璇

-233- **番外二**
我只是想喜欢你啊————郁砚

风走了八千里,不问归期

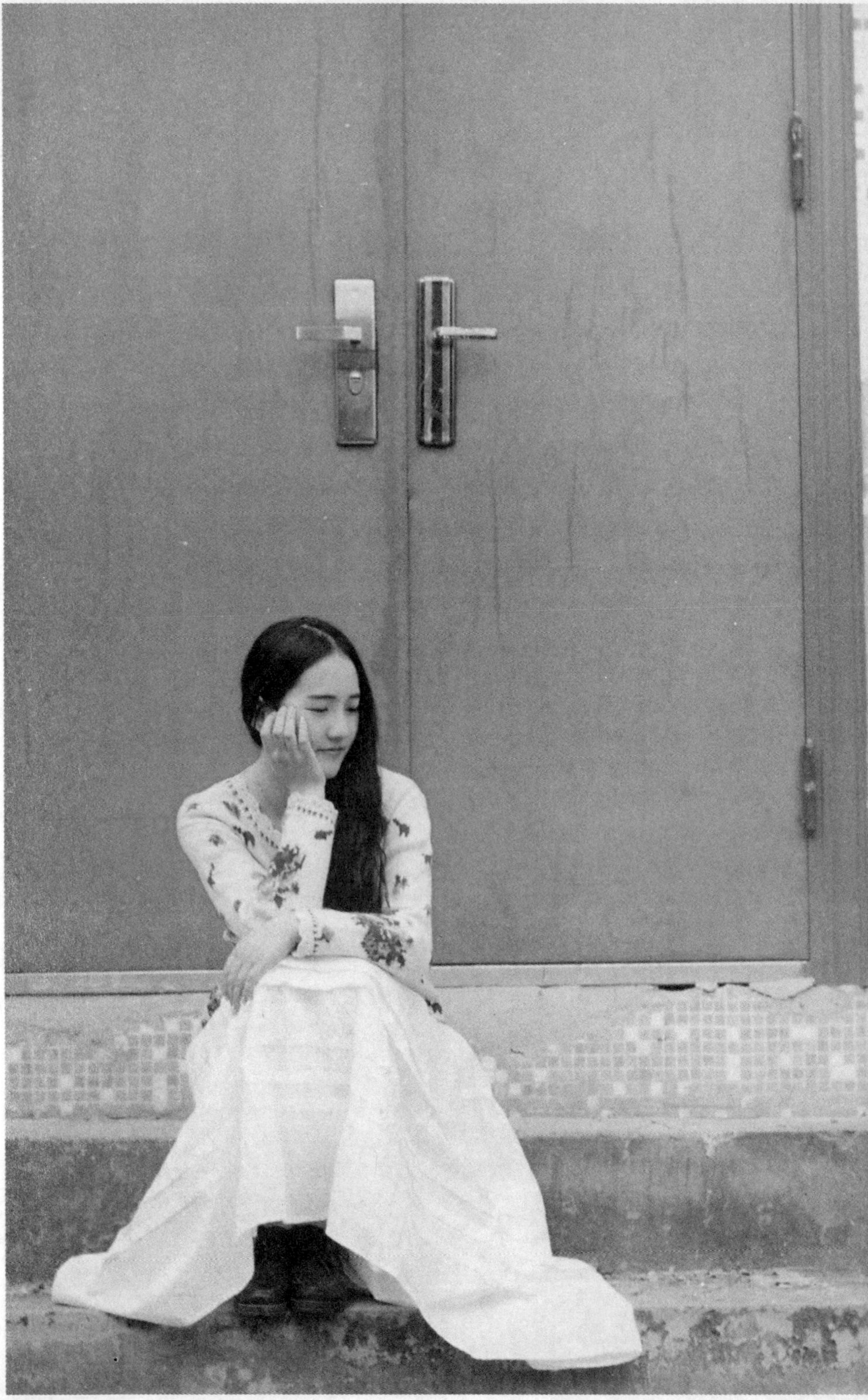

楔子 如果天黑之前来得及

"呼……呼……"教学楼的走廊里弥漫着一个女生粗重的喘气声,"不要,不要过来,不要……"

她一边跑着,一边不停地往后看,黑暗中一个身影正在逐渐逼近,她仿佛能看到那人狰狞的面孔,她没有退路,只能咬紧牙关继续往前跑。

跑不完的楼梯,永远都没有尽头的路,她用尽全力推开一扇厚重的铁门,眼前是寒风肆虐的天台,她喘着气将门关住,而后靠着墙坐下来,深吸了一口气。

今夜的月色格外好,她仰头看了一眼,清冽的月光洒在了天台上,她缓缓地起身,在月光下走到了铁栏边往下望去,一切都仿佛都在她的脚下。

她甚至看到了那个逐渐向她走来的身影,那件白色的外套格外显眼,她勾唇笑了笑,刚想叫一声,路灯倏地灭掉,整个学校陷入了黑暗。

她惊恐地回身看去,那扇被她锁住的铁门传来嘎吱的声响,她双手撑在栏杆上,大口地呼气,白色的雾气从她口中蔓延开来,而后消失不见。

她大概能预见到她的未来了。

温毓最后一次见到顾璇是在高一第一学期的最后一晚。

期末考试在今天已经全部结束，只有一些没能赶回去的住校生还留着，学校里显得空空荡荡的。

已经是晚上七点多，冬天的夜晚天黑得总是格外快，风不停地呼啸着，路边的树枝被刮得东倒西歪。温毓从出租车里下来，拢了拢略微有些薄的白色外套，往学校里走去。

她来见顾璇，见那个从五岁开始就分别的双胞胎妹妹，见那个将她忘得一干二净、过得太穷苦的双胞胎妹妹。

她们约好了在教学楼见面，温毓记得和她的最后一通电话。

这是顾璇第一次打电话给她。

"温毓，是我，我是顾璇。"

"我知道。"

"我上个周末找到了一个盒子，里面放着我小时候的东西，有一张我和你一起的照片，对不起，我好像真的误会你了。"

温毓难得地露出了一个笑容："我想见你，也想看到你说的那个盒子。"

"今天在我学校见面吧，我在教室里等你。"

温毓对明扬高中并不是特别熟悉，尤其是如今天已然黑了，她有些寻不到路，遥遥地看到一幢教学楼里的走廊灯都亮着，三层的一个教室也开着灯，她抿了抿唇，慢慢走近。

路灯和教学楼里的灯却忽然在瞬间灭掉，她的脚步微顿，不知为何有种不祥的预感。

温毓缓缓仰头，四层的教学楼看起来却那么高，仿佛耸入云层，她犹豫一下，迈步往前。

头顶忽然破空而来一声尖叫，她心头一惊，还没来得及抬头去看，身前忽然传来一阵沉闷的落地声，有东西溅开来，溅在她的衣服和脸上，她抬手蹭了蹭，放在眼前仔细看。

这是暗红色的血。

她倒吸一口冷气，蓦地抬头去看。

天台处有人将脑袋缩了回去。

她抑制住浑身的颤抖，向前一步去看——顾璇那张熟悉的侧脸出现在她的眼前。

温毓捂住嘴，无法言语，想到天台处那个身影，猛地跑上了楼梯。

楼梯上没有任何光线，安静到她只能听到自己的脚步声和心跳声，她害怕，也恐惧，可更多的是愤怒和焦急。

她快步跑到天台，天台上一个人影都没有，她走到栏杆附近，月光下她看到了一个地上一个闪着幽光的东西，她蹲下身去捡起来，是一个发夹，她送给顾璇的发夹。

温毓握住栏杆往下看去，黑漆漆的什么都看不到，刚想缩回身体，路灯骤然亮起来，而刚刚顾璇躺着的那个地方，什么东西都没有。

她瞪大了眼睛又重新跑下去，没有顾璇，只有血迹，顾璇就这样消失不见……

所有人都说顾璇失踪了，或许是被人拐卖，或许是自己离家出走，总之就这样消失不见。

警察调查了两天之后无疾而终，高一（1）班的教室里，就这样空出了一个位置。

在璀璨的水晶灯下，温历坐在棕褐色的皮质沙发上，微微抬眸看向站在面前的温毓，问："你说什么？"

温毓面无表情，开口："我要转学，到明扬高中。"

"为什么？"温历说，"半年前是你拒绝去明扬，因为你不想接受我们的安排。"

"那现在，我愿意接受你们的安排，无论是学校，还是将来的婚姻。"温毓一字一句，说得认真无比。

温历放下手中的茶杯，轻轻勾唇："成交。"

第一章 所有人都会说谎

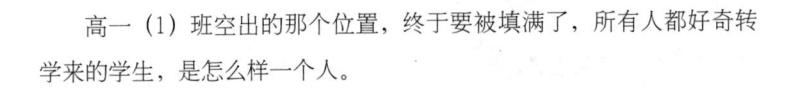

高一（1）班空出的那个位置，终于要被填满了，所有人都好奇转学来的学生，是怎么样一个人。

冬日的严寒依旧凛冽，昨日刚刚下过雨，地上湿漉漉的，一双黑色浅口皮鞋从水坑中踩过，带起一阵水花。

一个个水坑就仿佛是一面面镜子，倒映出一个又一个的身影，高的矮的，胖的瘦的，有一个格外引人注目。

她也已经换上了明扬高中统一的校服，白色的衬衫，与裙子同色系的深咖色格子领结，外面套一件修身的灰色西装，扣子一丝不苟地扣住，更加显示出她的完美身材。这么冷的天她却只穿了一双及膝的黑色棉袜，露出一截儿细嫩的大腿。

温毓将书包单肩背在身后，对因为不放心而从车里出来送她的司机说："莫叔，你回去吧，我不是孩子了。"

莫叔点点头："小姐您一切小心，有事记得找大少爷。"

温毓淡淡颔首："我知道了。"

莫叔终于将车开走，温毓看着教学楼前那块地面，微微愣神，而后缓缓仰头，看向天台处。

一样的位置，一样的角度。

她垂在身侧的拳骤然握紧，而后踩着水坑大步走了进去。

温毓的班主任郑怡是一个三十出头的女人，脸颊消瘦，下巴格外尖。她淡淡地收回视线，听郑怡谄媚的声音在耳边说着班里的一些情况。

班主任知道她是温家的女儿，她的转学手续交由在明扬高中任董事的大哥温岫办理，家庭背景自然无法隐藏。

温家在J市不是最富贵的那一户人家，但也能排名前五，而J市最有话语权的那家人，姓晏，日安，晏家。

教室里格外吵，有男生在谈论游戏、篮球，有女生在大声聊化妆品，温毓跟在郑怡身后进去，抬头看去，那些坐在桌子上的，站在过道里的学生丝毫没有坐好的打算，那都是花钱进入明扬高中的富家子弟。

当然也会有一小部分人坐在自己的位置上格外遵守纪律，那是明扬高中花钱请进来的，成绩格外优异家庭条件却相当差劲的学生。

有一个人例外，他坐在教室的正中间的座位上，是唯一一个没穿校服的人，他微微抬眼，看向站在郑怡身后的温毓。

温毓恰好和他的视线对上，对视了三秒钟之后，她轻飘飘地移开了视线，注意力落在了他身后的身后，那个空着的位置。

"安静！"郑怡伸手在讲台上用力拍了拍，"今天有一个新来的同学加入我们高一（1）班。"

所有的学生全都抬起头来看向温毓。

有男生吹了吹口哨，笑："哇，美女哎！美女，有男朋友了吗？"

"没男朋友也轮不到你惦记，哈哈哈！"他身旁有人笑着揭穿，"瞧你那副样子，美女能看上吗？"

郑怡早已学会对这群学生睁一只眼闭一只眼，朝温毓柔柔一笑："你自我介绍一下。"

温毓抿着唇，转身在黑板上写下两个字，说："温毓。"

郑怡愣了愣："好了？"

"嗯。"

郑怡不免有些尴尬，笑道："看来我们的新同学言简意赅，好了，下去坐吧，就坐空着的那个位置好了。"

温毓一步一步走过去，那个位置那么近又那么遥远。

有人故意将腿伸出来横在过道想要绊她，她装作没看见，直接从他脚面踩过去，无视他龇牙咧嘴的惨叫声，终于来到顾璇曾经坐过的那个位置。

郑怡又拍了拍讲台："好了，第一节课马上就要开始，大家收收心，寒假已经过去了。"

底下是一群学生有气无力地说："好……"

坐在温毓前面的女生披散着一头漂亮的棕黄色卷发，戴着一个深蓝色的蝴蝶结头箍，她回过头来冲温毓眨了眨那双化过妆的大眼睛，随后伸出手："我叫杨从玦。温毓，我们见过的，你还记得吗？在去年宋寄安的生日宴会上。"

宋寄安是温毓唯一的好友，温毓却不是她唯一的朋友。宋寄安温柔又平易近人，朋友数都数不清，去年她的生日宴会上请了五十个女生好友，温毓怎么可能一一记得？

她浅浅地点点头，似乎并没有看到杨从玦伸出来的那双白嫩的手。

杨从玦显然有些尴尬，不过也并没有如何在意。因为见过温毓，所以知道她的性格，生人勿近如同高岭之花，去年宋寄安的生日宴会上，她全程都冷着一张脸站在笑得格外灿烂的宋寄安身边，她们都说宋寄安大概是脑子坏掉了才会找和这样一个奇怪的人做朋友。

杨从玦笑得神秘:"你最好让老师给你换个位置。"

"为什么?"温毓终于开口说话,仿佛冰凌砸在地面。

"你知道以前坐在你这个位置的女生是谁吗?你要是知道了,肯定不想再坐了。"杨从玦笑嘻嘻的。

"是谁?"温毓低着头,所以杨从玦看不到她从眼中逐渐蔓延开来的冷意。

"她叫什么来着,反正长得超级丑,脸上,喏,就是这里。"她伸手覆盖住了自己的左半边脸,"从额头到脸颊都是红色的胎记,头顶还有一块是秃的。嗤,成绩这么好有什么用,丑八怪,和她同班都觉得恶心,还好失踪了,说不定是被人拐去山里了呢,不过她这么丑也会有人要吗哈哈,你说……"

杨从玦的声音忽然梗在了喉咙里,唇角的笑意僵住,她眨了眨那双洋娃娃般的大眼睛:"你怎么了?"

温毓的眼里仿佛能射出冰刀,她死死地盯着杨从玦的脸看,让人觉得不寒而栗。

杨从玦忍不住瑟缩了一下,不知道为什么有那么一瞬间忽然觉得温毓和顾璇有些相像。

救命的上课铃声响起来,杨从玦说一声上课了就匆匆回过身去,心脏还在不停地狂跳。她抚了抚胸口,觉得太奇怪,明明不过是同龄的女生,她居然会觉得害怕……

学校的食堂是和J市一所五星级酒店合作的,温毓来到食堂的时候里面已经坐满了人,只有一张长桌上只坐了一个男生,空空荡荡的,格外显眼。

温毓拿着餐盘直接大步过去,在长桌的另外一头坐下。

就算没有抬头,她都能感觉到那个男生的视线落在她的脸上,那么炙热。她吃饭的动作顿了顿，缓缓抬头，对上了他的视线。

就是班里那个没穿校服的男生，头发不长不短，看起来很清爽，简单的深色外套衬得他皮肤格外白皙，他脸上没什么表情，只有眼神是灼热的，仿佛能让人无处遁形。

温毓扫了一眼便重新垂下眼，她自然知道他是谁，能在学校有这样特殊待遇的，只有一个人，那就是晏怀先，晏家的独孙，也是她的父亲温历最满意的女婿对象。

她依旧面无表情，自顾自地吃饭。

晏怀先缓缓收回视线，刚想拿起筷子，就听到有个熟悉的女声在叫："阿先。"

宋寄安拿着餐盘快步跑过来在晏怀先对面坐下："阿先，今天我们历史老师拖堂了，所以我来晚了点。"说着露出一个讨好的笑容。

即使晏怀先一点反应都没有，宋寄安脸上依旧带着笑，只是在看到长桌边缘还坐着一个人的时候微微一怔，然后更大的笑容在脸上绽开："阿毓，你怎么会在这里？"

温毓这才想起来转学这件事情并没有告诉宋寄安，她抬头，有些无奈："我转学到明扬了。"

宋寄安拉着温毓坐过来："这么大的事情都不和我说，我们还是不是朋友？不过你怎么忽然改变主意来明扬了？你不是考到H中去了吗？"她莫名。

温毓淡淡地勾了勾唇，没有回答。

宋寄安也不以为意："你在几班？"

"（1）班。"她说。

"哇，你和阿先一个班哎！真好！"宋寄安一脸羡慕，"我想转到（1）班，可是班主任不让。"

温毓又感觉到了晏怀先的视线，这次她装作没有察觉，只是低头吃东西。

　　作为宋寄安最好的朋友和最喜欢的男生，宋寄安并没有介绍两人见过面，究其原因不过是因为宋寄安怕晏怀先喜欢上她最好的朋友，因为在她看来，温毓又漂亮又酷，没有男生能抵挡得了她的魅力。

　　这是宋寄安亲口对温毓说的。温毓听了之后有些无奈，偏偏宋寄安又如此坦诚，只能说："这是你的偏见，大多数男生都喜欢像你这样温柔活泼的女生。"

　　宋寄安听到温毓的话变笑得眼泪都弯成了月牙："真的吗？"然后又噘了噘嘴，"可是阿先都不喜欢我……"

　　其实对于晏怀先来说，喜不喜欢有什么重要的？他的婚姻大事应该全权掌握在父母手中。

　　因为不想和他们一起离开，所以温毓故意吃得慢一些，在宋寄安问她要不要一起走的时候，她有借口："我还没吃完。"

　　宋寄安朝温毓眨眨眼睛，起身刚想和晏怀先说先走，没想到晏怀先又拿起筷子慢条斯理吃了起来，她犹豫了一下，嘟着唇又坐了下来。

　　温毓并不知道晏怀先是什么意思，也没兴趣知道，最后的结果就是三人一起从食堂出去。

　　温毓刻意走快了一些，可等宋寄安去了二层她的教室之后，她身边就多了一个身影，两人分明并排走着，却像是各走各的路。

　　温毓听到了有人在窃窃私语，她和晏怀先的名字出现在他们的讨论中，她微微挑眉，忽然停了下来。

　　晏怀先多走了一步，忽然停下来，他并没有回身，却像是在等她。

　　她垂下眼眸，猛地从他身边超过，大步往上爬，走过三楼、四楼，直接来到了天台。

　　那扇铁门虚掩着，她用力推开，一阵冷风迎面扑来，她眯了眯眼睛，迈步出去。

　　白日里的天台和夜里有些不大一样，没有那么阴森可怖，也足够凌乱，大概是鲜有人来打扫的关系，她迈步来到那天曾经站过的地方，手里握着顾璇头上掉下来的发夹，微微俯身去看。

　　没有丝毫痕迹，仿佛一切都不曾发生过。

　　顾璇究竟去了哪里，没有人知道，她也不知道。

　　身后忽然传来脚步声，她没有回身去看。

　　他站在温毓身边，她才到他的胸口处，她缓缓侧过身，抬眼看他，并不言语。

　　"温毓。"他忽然开口，声音低沉而又穿透力，"你说过不会来明扬。"

　　面对他的视线，温毓只是懒懒地说："我不是为你而来，也并没有兴趣在未来与你组成家庭，所以不必担心。"

　　"可你的父亲大概不是这么想的。"

　　"你在乎的是我父亲的想法还是我的想法？"温毓转身要走，走了两步停下来，"我有必须留在明扬的理由，等我做完一切我会离开，这样你是不是可以安心？"

　　晏怀先转身，看着温毓在他面前大步离开，消失在铁门的另外一面，唇角轻轻一勾。

　　温毓还记得上一次见到晏怀先是在中考结束之后。

　　温历带着她出门，去的就是晏家。温历说有事要和晏怀先的父亲说，让她暂避，她从书房出来就见到了晏怀先。

　　两人都顿了顿，刚想交错而过，就听到书房里两人难以忽略的对话声。

　　"那就是你的女儿？叫什么？"

　　"温毓，钟灵毓秀的毓。您看着如何？是不是够资格成为您的儿媳妇。"

……

温毓抬起眼来，出声："晏怀先？"

"温毓？"

两人十分有默契地出去，来到晏家的后花园。

"我高中会去明扬。"晏怀先率先开口。

温毓淡淡一笑："我绝对不会去明扬。"

果然，有时候"绝对"这两个字是不能轻易说出口的。

来到明扬的第一天过得格外快，放学的铃声甫一打响，大家便欢呼着拎着书包起身离开。

温毓也拿起了书包，单肩背在身后，慢悠悠地往外走。

来到教学楼前，一辆黑得发亮的宾利停在她面前，车窗缓缓下移，露出温岫那张带着温暖笑意的脸："阿毓，上车吧。"

温毓坐上去，神情柔和了不少，轻声叫："大哥。"

温岫笑了笑："在明扬的第一天怎么样？没有同学欺负你吧？有什么事记得找大哥，大哥都能帮你解决。"

"谢谢大哥。"温毓说着，眼神下意识地在后视镜中扫了一眼。正好看到晏怀先一脸淡漠地从教学楼出来，她收回眼神，勾了勾唇角，"我们回去吧。"

"阿毓，你怎么忽然想转到明扬来了？之前不是说去哪里都不肯来明扬吗？因为这事儿爸不是还罚你三天不许吃饭？"

温毓低头玩着书包的包带，低声回："就是忽然想通了，反正就算不是现在，也会是将来。大哥，我的人生，从来就不是我能做得了主的。"

温岫抬起手，在她头顶轻轻地揉了揉："我们的阿毓什么时候这么悲观了？"

"大哥,如果当初他没把我从孤儿院带回温家……"

温岫微微蹙眉,手缩了回来:"阿毓,不要再提以前的事情了,我们是一家人。"

"是啊,一家人,一家人……"温毓勾起唇角,那是讽刺的笑容。

什么一家人?不过是工具而已。

来到明扬高中已经一周了,温毓真真切切地了解到了顾璇在班里的地位。

顾璇在班级里没有姓名,所有人都称呼她为"丑八怪"。

坐在她前面的杨从玦拉着她的好闺蜜李绪瑶大呼无聊:"丑八怪不在之后,都没有人可以欺负了!"

李绪瑶笑眯眯的:"我手机里有视频,要不要看?"

"哦对,你当初拍下来了。来来来,让我看看我们的丑八怪,不在了之后还真是有点想她呢。"

两人对视一下,哈哈大笑起来。

李绪瑶将视频打开,声音开得很大,坐在后面的温毓想听不到都难。

"丑八怪,你看你的头发这么难看,我们帮你理一下好不好?"

温毓缓缓起身看过去。

手机有些晃动,拍出来的画质不是很好,顾璇一脸惶然的样子坐在位置上,缩着脑袋摇头说不用。

"我们纡尊降贵帮你剪头发你还不要?"那是杨从玦的声音,她直接拿过剪刀一把扯过顾璇的头发就是咔嚓一刀,"你看,这样是不是好多了?哈哈哈!"

顾璇原本就杂乱的头发被她们剪得极短,她抱着脑袋躲在课桌下面,却一声都不敢吭。

温毓记得顾璇当初冬天还没到就早早地就戴起了帽子,如今才知道了缘由。她推开椅子走出去,猛地从李绪瑶手中将手机抽了出来,一把扔在了地上。

手机屏幕应声而碎。

李绪瑶在愣了一会儿之后尖叫起来,班里所有的学生全都将视线投过来。

"温毓,你干什么?"李绪瑶跑过去将手机捡起来,手机已然黑屏,开机都开不了,"我寒假才刚买的!你有病啊,扔我手机!"

温毓只是淡淡抬了抬眼皮:"你刚刚在看的东西,我不想再看到。"

"神经病,和你有什么关系!"李绪瑶心疼地看着手机,"温毓你别仗着自己家里有权有势就随便欺负人!"

"你能仗着家里有权有势去欺负别人,我就不可以?这是哪里来的双重标准,我怎么没有见过。"温毓冷笑一声。

"你!"李绪瑶抬眼瞪向温毓,"不要太过分!"

"究竟是谁过分?"温毓勾起唇角,"要不要我也把你这头漂亮的头发剪一剪?"

李绪瑶一把捂住头发,被温毓气惨了,越想越气不过,猛地抬手想要去抓温毓的头发,不想温毓利落地往后退了两步,李绪瑶站不稳,差点就往前摔过去,杨从玦伸手抓住她才免于出丑。

温毓早已经转身大步离开,只留给她们一个背影。

李绪瑶被气得坐下来抹眼泪,杨从玦连忙安慰:"瑶瑶你别哭,温毓这人奇怪得很,你大人不计小人过。"

"她脑子有问题吧,凭什么好端端摔人家手机,那个丑八怪和她有什么关系,她出什么头!"她恨恨地说,"从玦,我咽不下这口气!"

杨从玦回身看一眼,正巧看到温毓放在桌上的手机,她眼睛一亮,连忙将她的手机拿过来,对李绪瑶说:"她砸了你的手机,我们也把她的手机给砸了!"

"对！"李绪瑶把手机拿过，站起身，咬着牙刚想要摔，手腕却忽然被人紧紧抓住。

她愣了一下，脸簌地红起来："晏怀……"

话都还没说完，晏怀先已经将手松开，转而将温毓的手机拿走，随后将一沓钱扔进了她的怀里。

李绪瑶还没反应过来，晏怀先已经大步走开。

杨从玦眨眨眼睛："天哪，晏怀先连扔钱的动作都这么帅……"

李绪瑶捧着一沓钱："可是他干吗帮温毓！"

温毓靠在走廊的栏杆旁，心里难以平静。

她知道方才看到的只不过是顾璇经历的那些难堪中的星点而已，她难以想象这么多年以来，顾璇究竟忍受了多少那样的场景。

五年的相依为命，五岁的无奈分别，两人的命运从那一刻起便走向了两个不同的轨迹，她有时候总是忍不住想，如果当初，温家将顾璇也带走了，是不是一切就都会不同？

可温毓自己也知道不可能，温家需要的是工具，而不是拖累，温家从不养没有用的废物。

她收回视线，刚想转身回教室，她的手机忽然被人递了过来。她微怔，而后蓦地将手机拿走，眉心皱起："我不喜欢别人碰我的东西。"

晏怀先并不看她："我也不喜欢碰别人的东西。"

温毓一愣，忽然看到从教室里穿透出来的凛冽视线，是李绪瑶和杨从玦，她低头看了一眼自己的手机："不用你多管闲事。"

晏怀先回身，看到温毓已经走回教室，她气势汹汹坐下来，杨从玦和李绪瑶都缩缩脖子不敢再去惹她。

轻轻一笑，他也大步回去。

和平常一样的放学，温毓刚想要起身便感觉背后被人轻点，是坐在她身后那个不怎么说话的女生，温毓知道她叫夏小满。

夏小满甚至不敢看她的眼神，小心翼翼地问她："你是不是认识顾璇啊？"

温毓抬眸看她。

夏小满好不容易鼓起勇气抬眼，结果甫一触到温毓的眼神变吓得重新垂下头去："我是顾璇的朋友。"夏小满和顾璇一样，属于因为成绩好而被特招进明扬高中的，她和顾璇也有区别，她长得很漂亮，楚楚可怜，我见犹怜。

温毓抿了抿唇，声音冷淡："如果你说的顾璇是曾经坐在我座位上的那个人，我并不认识。"

"那你为什么帮她说话？"

"我只是看不惯她们。"温毓起身走开。

她不相信任何一个人，她只相信她自己，所有人都会说谎，都会欺骗她，只有她自己才不会欺骗她自己。

温毓拥有的唯一一张顾璇的照片，是在明扬高中的校报上剪下来的。

她打开日记本的锁，将那张照片拿出来看，因为是黑白的缘故，其实并不能看得十分清楚。温毓伸手抚过顾璇脸上大片的胎记："别担心，我会把那个人找出来的，一定会的。"

房门忽然被敲响，温毓连忙将日记本合拢放好，这才起身去开门。

靠在门框上的是她的大哥温岫，见她开门便笑起来："又把自己锁在房间里了？怎么也不把窗帘打开？"说着，他已经大步进去，将她拉得密密实实的窗帘唰地打开，"你看，天气很好。"

这个周末的天气的确很好，阳光从干净清爽的玻璃窗洒进来，人都被照得暖洋洋的。温毓眯了眯眼睛才适应过来，浅浅一笑："大哥怎么有空来找我？不用去约会？"

"因为你比那些女人都好。"温岫笑着刮了刮她的鼻子，"是爸让我带你去美容院，晚上有应酬。"

又是令人讨厌的应酬，以前她可以推托，可现在她和温历有了交易，没有办法再拒绝。

温毓应一声，和他一起出门。

美容院的发型师并不认识温毓，笑着对温岫说："又换女朋友了？这次的风格可是和以前的有点不大一样。"

温岫笑起来："她是我妹妹。"

"啊……"发型师有些不好意思，"仔细一看的确长得很像。"

温毓一直闭着眼睛，此时骤然睁眼，冷冷地说："我是领养的，我们没有血缘关系。"

发型师一脸尴尬，动作都顿了顿。

温岫摇头失笑："让人尴尬是你的趣味吗？别听她的，她喜欢说冷笑话。"

你看，有时候说真话，反而并没有人相信。

没有人知道温毓其实是被领养的，大家都以为温毓是温历养在外面的私生女。

温毓想知道，如果是亲生女儿，温历是不是还能这么眼睛都不眨地就将她当成利用的工具！

温毓化了淡妆，换上了一套黑色的修身连衣裙，外面套了件黑色呢外套，长长的头发被卷了卷，垂在身后。有人拿来一双黑色的低跟小皮鞋让她穿上。

温岫站在她面前，替她理了理额边的头发："我们温家的小公主可真是漂亮，今天像是一只黑天鹅。"

温毓的唇角扬了扬："等会儿晚饭，大哥你也一起去吗？"

"我就不去了。"温岫笑笑，揽着她的肩膀往外走，"还有约会等着我呢。时间差不多了，我先送你去公司。"

温毓好不容易露出的笑容又敛了回去，躲开温岫的手臂，快走了几步。

温岫连忙追上去，挽住她的胳膊："等会儿不要和爸耍脾气，别让我担心。"

温毓抿抿唇，应一声。

温岫替她打开副驾驶的车门，她却自顾自地打开后座车门坐进去。

温岫愣一愣，而后笑："那我今天就当一回司机。"

温历只等温毓过来，两人前往酒店。

明明是在同一辆车里，两人却一句话也不说，音乐也没有开，气氛诡异得让坐在前面的司机和助理有些难堪。

"在明扬的这几天怎么样？"温历总算开口，语气却仿佛是在交代下属做事。

"如果你是想问我和晏怀先的关系，那可能要让你失望了。"温毓冷声说。

温历转头看她："你说过愿意接受我们的安排，这么快就不作数？"

"我只答应接受你们的安排，别的事情，爸爸，那是你需要做的。"

温历愣了愣，忽然笑出声："真不愧是我的女儿。"

温毓淡淡地别开眼神，望向窗外，一语不发。

两人到酒店的时候，对方还没有到，温毓等了五分钟，问："是什么人？"

"等人来了你就知道了。"他说。

温毓起身："我去洗手间补个妆。"

红色和黑色是绝配。

温毓看着镜中的自己,刚刚涂过口红的嘴唇红得仿佛能滴出血来,与她一身黑色的礼服互相应和,衬得她的眉眼越发冷峻。

温毓不怎么笑,也不喜欢笑,笑容于她而言是奢侈又无用的表情。

她放好口红,转身出去。

走到酒店房间门口的时候,正好有服务员送菜,服务员没有看到她,转身的时候刚巧就撞了过去。

温毓想躲却扭到了脚腕,她站不稳,刚想扶住墙壁,腰后却多了一双手臂,结实又有力的手臂。

她一怔,蓦地直起腰,而后转身,抬眼。

站在她对面的人是晏怀先,此时正在打量着她,她也同样打量了他几眼,他也穿了一身黑,和她的衣服格外相配。

"原来我父亲说的贵客是你。"温毓收回打量他的视线,轻声说。

"所以你是选择留在这里,还是和我一起离开?"晏怀先看着她。

"我选择第三条路,我自己离开。"她踩着她的黑色低跟小皮鞋,在晏怀先面前大步走开。

晏怀先唇角微扬,缓步跟了上去。

他听到她和他父亲打电话:"爸爸,我肚子不舒服,先回去了。"

晏怀先追上去,将手机从她手里抢走:"温叔叔,是我。您和我爸爸应该有事要说,我和温毓就不打扰你们了。"

温毓看他的眼神仿佛斗鸡,她将手机抢回去。

晏怀先幽幽地说:"一劳永逸。"

等走出酒店大门,温毓才想起来她的随身小包中除了手机和口红粉底钥匙纸巾以外没有一分钱,她的脚步停了停,回身对一直跟在她身后的晏怀先说:"借我点钱。"

"如果这是你借钱的态度,我想,没有一个人愿意把钱借给你。"

晏怀先轻飘飘瞥她一眼。

温毓咬咬牙,深吸一口气:"请你借我点钱,等回学校我就还给你。"

晏怀先看着她微微垂下的头,唇角越发上扬:"我也没带钱包。"

"你!"温毓蓦地抬起头,死死地瞪着他,而后转过身要走。

他走快了几步追上她:"你去哪里?"

"与你无关。"

"我没带钱包,可是我有车。"晏怀先说,"我送你。"

温毓并不拒绝,和他一起在酒店门口等司机将车开过来。

坐进车里,温毓说:"去南郊温家。"

"去电影院。"晏怀先说。

温毓转头看他:"晏怀先!"

晏怀先凑近,轻声说:"如果你就这么回家,你以为他们会放过我们?"

温毓咬唇,有件事情想不通:"我们才高一,为什么这么快就要把我们凑成对?"

"为了他们所谓的'自由恋爱'。"晏怀先冷哼一声,"高中结束后,我们会被一起送到国外,你不知道?"

温毓质疑地看着他。

"我没必要骗你。"

"那为什么是我?"

"我也想知道为什么。"

已经到了电影院门口,晏怀先朝助理伸手,助理将他的钱包送上来,而后下车给他们开门。

两人在电影院找了个地方坐下,这次轮到温毓伸手:"借我钱。"

这次晏怀先毫不吝啬地将钱给她,她起身要走,他一把拉住她。

她皱着眉头甩掉:"你……"

"从后门走。"

温毓愣了一下,转身往后门而去。

晏怀先买了两张电影票,去电影院里坐了几分钟,而后又出来,等时间到点才出去。

助理替他开门:"温小姐呢?"

"她在里面遇到朋友,说和朋友一起走,我们走吧。"

而此时的温毓,正在顾璇家附近,她一身华贵的衣裳,和这个地方,那样格格不入。

顾璇家也住在郊区,住处不过两间自己盖的平房,屋前是一块地,种着各种蔬菜,房子旁边是一个塑料搭起的棚,泛着令人恶心的臭味。

就这样的地方,顾璇住了十几年。

她握紧拳头,刚想转身离开,便见有一对夫妻推着车从身后走近。

男人骂骂咧咧的:"还找什么找,都找了这么多天了,连个影子都没有,学校也不管,我们还要为那个丫头花多少钱?"

"可是阿璇怎么会无缘无故就不见了呢?她有危险怎么办……"

"反正我没钱,赔钱货,早知道当初就不该捡她。"

两人齐齐看向不应该出现在这里的温毓,有些发愣。

温毓垂下眼,直接从他们身边走过。

那女人悄声对男人说:"你看刚刚那个女孩子,是不是和阿璇有点像?"

"像什么像,一看就是有钱人家的女娃。"

"我是说那张脸,我们阿璇就是被那块胎记拖累了,要是没那块胎记,也是个美人!"

"也就你这么想。"

女人想了想,还是忍不住跑了回去,小心翼翼地追上了温毓:"小

"姑娘，你和我们家阿璇认识吗？"

女人面善，一脸的惶恐和小心。

温毓抿抿唇，点头："嗯。"

"你知道我们阿璇去哪里了吗？忽然就不见了，连个年都没过，他们都说她可能是离家出走了，我知道不是，她怎么舍得我们，小姑娘，你知道什么吗？"

温毓看着她迫切的神色，摇头："我不知道，我也和你一样，想知道她去哪里了。"

女人的表情顿时暗淡下来，轻叹一声："你是第一个来找阿璇的人。"

"顾璇她，有没有什么东西留下来的？"温毓忍不住问，"有没有一个盒子？"

"她能有什么东西，"她叹一声，"也就一个日记本。你说的盒子我有点印象，她在不见之前回家一趟，找到了一个盒子，很开心的样子，后来就拿去学校了，我就没有见过。"

温毓微一沉吟："阿姨，您能把她的日记本给我吗？"

"这……"

"我是顾璇的朋友，阿姨，请您相信我。我也想要找到她。"温毓一字一顿地说道。

温毓打车回去，正好在家门口遇见温岫，温岫见她从出租车里下来，不免走过来："怎么你一个人回来，爸呢？"

"我不知道。"

"那晏怀先呢？你没和他在一起？"

温毓往里走的步伐忽然停住，转身看向温岫："你知道我是去见晏怀先？"

"嗯，爸说了。"

"你没有跟我说。"

"说了不就没有神秘感了？"温岫笑，揉她的脑袋，"怎么？你不喜欢他？晏怀先的模样人品都算得上好，有太多人家在争着抢着。"

温毓躲开了他的手："你怎么这么早回来？不是说去约会？"

温岫的笑容微顿，随后揽着温毓大步往里走。

"难道要我夜不归宿？"

"高中毕业后我会和他一起出国吗？"她停下脚步，抬眼看向温岫，格外认真地问。

"爸他们的确是这么打算的，怎么了？这不是很正常？我当年也出国了。"

温毓没有回话，转身跑了进去，尖细的鞋跟在大理石的地面上发出清脆的声响。

温岫摇头笑了笑，也跟着走了进去。

温毓坐在书桌前，将顾璇那个普通得不能再普通的日记本放在桌上，犹豫着，缓缓打开一页。

"我的长相是我的错，我的家庭也是我的错，我的存在，大概就是一个错误。"

"我讨厌那些欺负我的人，我也想站起来冲她们吼回去，可是我不敢，我知道只要我这么做了，我只会被欺负得更厉害。"

"我好不容易才能上高中，万一得罪那些人，万一我要退学，我就再也没有办法上学了。"

"为什么？为什么我要过这样的日子？为什么？"

"她说是我的姐姐，她穿着名牌衣服，养尊处优，长得那么漂亮，她居然说是我的姐姐，如果她真的是我的姐姐，为什么我和她的生活那么不同？就因为我长得丑吗？"

"我什么都没有看到,什么都不知道,不要来找我,不要……"

因为是上了高中才开始的日记,所以内容并没有多少,温毓阖上日记本,心里有些不是滋味。

温毓一整晚都没有睡好,导致第二天起得晚了些,等到学校的时候比平时晚了半个小时,刚一踏入教室便发现有些异样,所有人都盯着教室后面看。

温毓顺着他们的视线看去,杨从玦和李绪瑶一个坐在夏小满的桌子上,一个站在旁边,拎着夏小满的头发笑:"我们帮你的好朋友剪过头发,这次要不要帮你剪啊?我们的手艺可是很不错的呢!"

夏小满瑟瑟发抖,不敢动作:"不,不要……"

"她说不要?"杨从玦一脸震惊,"居然怀疑我们的技术。"

李绪瑶伸手压在她的肩膀上:"不要也得要。"

杨从玦笑着,抬手将一瓶矿泉水打开从她头上浇了下去:"这是在帮你洗头……"

大家哄堂大笑,还有人拿出手机拍照,看得津津有味。

李绪瑶拿出剪刀,刚想要剪下去,一阵凳脚蹭过地面的刺耳声音忽然响起,她们往声音来源处看去,是温毓来了。

温毓的眼神淡淡扫过她们,她们不知为何手一僵,脸上的笑容也顿在当场。

"不要弄脏我的地方。"温毓冷声说。

"你是打定主意要多管闲事?"李绪瑶怒道。

"如果我说是呢?"

"你!"

夏小满忽然猛地起身,从人群中跑了出去,只留下一地水渍。

温毓看着她的背影,仿佛看到了以前的顾璇,她太后悔当初没有来明扬,如果她来了,一切可能就会不一样。

夏小满回来的时候第一节课都上了一半,正好是班主任郑怡的课,她不满地说了夏小满许久,这才放她进来,却不让她坐下,让她站着听完了一整节课。

中午的时候宋寄安来找她吃午饭,温毓有些讶异,毕竟宋寄安一直将晏怀先看得比她重要得多。

宋寄安一直支支吾吾地不说清楚,还是温毓忍不住:"寄安,有什么事情你可以和我说。"

宋寄安小心翼翼地看她一眼:"阿毓,有人说周末的时候在电影院见到你和阿先在一起,你们……"

"那他有没有说我们很快就分开了?"温毓说,"我们两家想要撮合我和晏怀先,仅此而已。"对于宋寄安,她不希望有任何隐瞒。

"撮合?"

温毓应一声:"我和他都并不同意,只是这件事情并不是那么简单就能解决的。"

"阿毓……"

"我知道你喜欢他,寄安,你可以选择相信我。"

宋寄安愣了一下,忽然笑起来:"好,阿毓,我相信你。"

回去的时候途经厕所,温毓去洗了个手,没想到听到里面传来熟悉的声音。

"从玦,我想来想去还是咽不下这口气!"

"你以为我就咽得下去?长到这么大,还没有人敢给我这种气受,她以为她是谁啊,不就是温家的女儿嘛!"

"可是我们又不能像对付顾璇和夏小满那样,我爸说,温家不是那么好惹的,而且她大哥还在学校里呢。"

"今天下午最后第二节是体育课，我们要不……"

温毓淡淡地勾了勾唇，将手擦干便转身离开。

体育课如期到来，杨从玦和李绪瑶的手段简直太幼稚，等体育课结束整理体育用品的时候就直接把她关在了器具房。

温毓甚至都能听到门外杨从玦她们的低笑声。

杨从玦和李绪瑶挽着手想要离开，忽然听到里面一声惊叫，而后便是一阵乱七八糟的嘈杂声。

两人对视了一眼。

"不会有事吧？"

"万一有事呢？我们就看一眼。"

她们将锁打开，探头进去看，温毓就这么凭空消失了，靠近角落的一堆体育器械杂乱地倒在地上，整个房间里都弥漫着灰尘的难闻气味。

她们瞪大了眼睛进去看，一脸的不敢置信："她去哪里了？"

"我听说体育馆死过人呢！"

"砰"的一声，器具房的门忽然被关住了。

杨从玦和李绪瑶抱在一起叫出声来："有鬼啊！"

温毓拍拍双手，冷笑一声，仰头对着监控摄像头所在的位置看了一眼，而后大步离开。

走到体育馆大门口，温毓的脚步顿了顿，看着缓步走到她面前的晏怀先，一语不发。

晏怀先的眼神从里面扫过，隐隐地能听到杨从玦和李绪瑶的拍门哭叫声。

"怎么？你也想管管闲事？"温毓淡淡开口。

"既然是闲事，我为什么要管？"晏怀先说，"我只是落了东西。"

他走进体育馆将自己遗漏的东西拿到手，再出去的时候温毓已经走得有些远了，他并没有试图追上她，他只是慢慢走在在她身后看着她。

因为刚上过体育课的关系，温毓穿着运动服，黑白相间的运动服很宽松，显得她格外瘦，她一直披在身后的一头长发扎在了脑后，随着她的走动晃晃悠悠的。

温毓走路的时候总是昂头挺胸，脸上仿佛写着"生人勿近"四个字。

真是奇怪，温家怎么会养出她这样的一个女儿来。

晏怀先不得不承认，他开始对她有了点兴趣，就算这只是她的手段而已。

杨从玦和李绪瑶在最后一节课上到一半才匆匆赶来，显然已经补过妆，只有眼睛还红肿着，大概是真的被吓到了。任课老师知道她们都是娇小姐，不敢多说，随口说了两句就让她们回去坐好。

杨从玦走到温毓面前的时候狠狠瞪了她一眼，温毓当作没看到，轻轻地挪开了眼神。

课程终于结束，温毓才堪堪起身，杨从玦便猛地站起来拦住了她的去路："温毓，你不需要向我们道歉吗？"

"道歉？"温毓冷笑一声，"你确定你没有搞错？"

"我……"杨从玦有一瞬间的怔然，当李绪瑶站到她身边的时候，她的底气一下子就来了，"你把我们关在器具房这么久，难道不应该道歉？"

所有人都看过来，围在一起窃窃私语。

温毓朝她们走近一步："你的话还没有说完整，让我来替你们补充。是你们想把我关在器具房，结果却不小心把自己关在里面了，不是吗？"

"明明是你把我们关进去的！才不是我们不小心！"李绪瑶在一旁不甘心地叫。

"所以，我前面说的话你们都承认，对吗？"温毓抬眸，"既然如此，你们有什么资格让我道歉，自食恶果而已。"

两人被气得说不出话来，恨恨地说了一声"等着瞧"就转身匆匆离开了。

温毓丝毫不在意，兀自迈步出去，隐约觉得身后一直有人不远不近地跟着，她停住脚步，回身之后果然看到一个女生的身影。

她并不认识，大概是同班同学，稍微有些眼熟而已。

见温毓回身看她，她鼓起勇气走上前去："温毓，你可能还不认识我，我们是一个班的，我叫郁砚。"

"所以呢？"温毓冷冷地看着她。

郁砚仰头看向她的眼睛，也差点被那股冷意吓得退却，不过还是继续说道："有句话我不知道应不应该说。"

"那你就别说了。"温毓转身就要走。

郁砚连忙伸手抓住她："温毓。"

温毓回身看一眼她抓着自己胳膊的手，郁砚瞬间放开，而后说："你这么和杨从玦还有李绪瑶作对，她们肯定不会放过你的，你，小心点。"

温毓缓缓勾唇："她们，我还不会放在眼里。"

"可是你才刚刚转来，要是成为她们的目标，这两年多都不好过了。"郁砚低下头，轻声说，"我不想你和她一样……"

温毓眼神一敛："我不会。我不会和她一样。"

"你，是不是真的认识小璇？"郁砚问她，"我总觉得，你们应该认识。"

郁砚看向温毓的眼睛，那是一双和顾璇一点都不一样的眼睛。顾璇的眼睛总是低垂着，将她所有的情绪都掩下来，不让别人看到她的悲伤难过，她也从不敢和别人对视，甫一触到别人的眼神就会匆忙躲开，仿佛她自己是瘟疫一般。

可是温毓不一样，温毓的眼神是冷冽的、傲气的，在她的眼神下，仿佛所有人都会无所遁形，只有别人不敢看她，她绝对不会在别人面前率先垂下眼眸。

其实温毓刚转来的时候，郁砚差点以为温毓就是顾璇。别人都觉得顾璇是丑八怪，因为她们都只看到了她脸上的那块红色胎记，可郁砚看到的是她另外一半漂亮的右脸，就和温毓一模一样。

温毓淡淡收回视线："不，我们不认识。"随后转身离开，没有丝毫留恋。

温毓又拿出顾璇的日记本看，里面没有任何有用的信息，不过顾璇的确曾经提到过郁砚，说郁砚在杨从玦她们欺负她的时候曾经给过她帮助。

温毓特地查了一下郁砚的情况。郁砚家境殷实，性格温和，成绩也不错，算是属于明扬高中的异类。郁砚还有个姐姐叫作郁墨，就是一班的美术老师，温毓还有些印象。

可她不能因为如此便觉得郁砚可以信任，关于顾璇的事情，她必须要谨慎再谨慎。

温毓合上日记本，总觉得自己漏掉了什么，脑海中忽然忆起她和顾璇的最后一次通话，顾璇曾经提过的那个盒子……

顾璇在学校的所有东西都在失踪之后被领回家中，如果那个盒子在家里，上次她的养母不会不拿出来。

那，那个盒子去了哪里？

里面除了她和顾璇的合照之外，会不会有别的东西？

温毓不得而知。

温毓更不知道的是，第二天有着一个更大的麻烦等着她。

易文钦也转学到了明扬。

说到易文钦是谁，H中不会有人不认识，他有两大标签，第一是纨绔子弟，第二是温毓向日葵。

易文钦是温毓的初中同学，为了温毓甚至不顾家里的反对，死活都要花了钱去H中，他爸气得几次都想和他断绝父子关系，不过家里只有他一个独子，还能怎么办，只能顺着他。

毕竟温毓是温家的女儿，他爸便只能睁一只眼闭一只眼，想着要是真能修成正果也不失为一件好事儿。

温毓的转学来得突如其然，又没人告诉他她转去了哪里，温毓连他的电话都不会接，他死皮赖脸让他爸调查了好几天才查出温毓去了明扬，于是毫不犹豫地就宣布自己也要去明扬。

易文钦同样跟着班主任郑怡一起前往教室。

易文钦嘴甜，笑嘻嘻地对郑怡说："老师你真漂亮，是我见过的最漂亮的老师！"

郑怡被夸得脸红，虽然对于高一（1）班在这么短的时间内就转来两名学生，她其实也有些意外。

一进教室，易文钦就看到了坐在中间低着头不知道在干什么的温毓，唇角勾起来，一脸满意。

温毓听到郑怡说又有学生转来，她并不感兴趣，头都没抬，继续看高一第二学期的课本。

"大家好，我叫人见人爱，花见花开的易文钦，能转到这个全是帅哥美女的班级简直就是我的荣幸，以后我们好好相处！"

温毓眉心微皱，缓缓抬眼，正好对上易文钦兴奋的眼神，顿时觉得头有些痛，淡淡地撇开了视线。

易文钦果然不会轻易放过她，指着她的位置笑眯眯地问："漂亮老师，我能坐她旁边吗？"

郑怡顺着他指的方向看过去，看到了不曾抬起头来的温毓，有些尴尬："那旁边没有位置了。"

易文钦笑眯眯的："那就后面吧。"说着直接跑下去来到温毓后座，对着夏小满眨眨眼睛，"这位漂亮的同学，我能坐你的位置吗？"

夏小满惶然抬眼看他，哪里敢拒绝，轻轻地点头。

易文钦得偿所愿地坐在了温毓后面，夏小满则被换了个座位。

其他的易文钦都不管，他笑着探过头去，手搭在温毓的肩膀上："小毓毓，这么巧！"

温毓睨他一眼："放开你的手！"

"我们的小毓毓还是这么有个性。"易文钦笑，"就是太没有良心，转学到明扬都不告诉我。"

"住嘴！"温毓捂了捂耳朵。

好在上课铃声马上就响了起来，温毓终于得了一时清静。

宋寄安在得知易文钦也转学到明扬之后拉着温毓笑个不停："我就想呢，他当初还死活跟着你去H中，怎么这次你转到明扬来还没什么反应，原来大招在这里呢。"

温毓觉得头痛："寄安，你是在幸灾乐祸吗？"易文钦缠了她一个上午，她好不容易才逃脱。

"我只是觉得，易文钦其实也挺好的呀，对你死心塌地，听说他家里也很满意你呢。"宋寄安试探着说。

温毓表情敛了敛，看向身侧。宋寄安在她的眼神下微微垂眼，不敢和她对视。

"寄安，我知道你想说的是什么，你不用试探我。"

宋寄安将脑袋抵在她的肩膀上："对不起，阿毓，我不该怀疑你，可是我忍不住，他是我最喜欢的人，你是我最好的朋友……"

温毓最喜欢的就是宋寄安的坦荡，她总是有什么就说什么，单纯又天真。

温毓也知道，这份单纯和天真在她日渐长大的过程中，肯定会逐渐消失，那么残忍又现实。

好不容易等到放学，易文钦见温毓起身就走，连忙追上去。

"等等我。"

温毓就当作没听到，步伐越迈越大。

易文钦也不急，就在她的身后追着，不贴近又不那么远，他脸上的笑容格外大，果然看得到温毓，他才会安心。

温毓走到学校门口，司机来得晚了些，易文钦实在是太聒噪，她已经到了即将发怒的边缘。

有辆车忽然停在她面前，她愣了愣，后座的车窗缓缓下移，露出晏怀先那张没什么表情的脸："上车。"

前面是火坑，后面是地狱。

温毓思忖了一会儿，至少晏怀先不会像易文钦那么多话，于是她直接打开车门坐了进去。

易文钦哎一声："你怎么能随便上别人的车呢？他有别的企图怎么办？把我也给带上！"

他话还没说完，晏怀先已经对司机说："走吧。"

易文钦被喷了一脸的汽车尾气，心有不甘。

温毓看着窗外，车子已经开出一段路，她说："刚才谢了，现在可以停车了。"

晏怀先没有任何声响，温毓不免回头看了他一眼。

没想到他正在看着她。

温毓说不出他的眼神是什么意味,似乎带了探究,又带了疑惑,仿佛带了笑意又仿佛毫无情绪,他就这么静静地看着她,不知道从什么时候开始。

温毓也没有收回眼神,算起来似乎是来到明扬之后第一次仔细地看他。

天气略微转暖,又加之是在车里,晏怀先的外套脱了,只穿了一件白色的衬衫,白得刺眼,领口的扣子有两颗没扣起,带着些慵懒的严谨。

也怪不得宋寄安那么喜欢他,他长得真的很不错,干净清爽的面容却偏偏总是冷着,大概是家庭教育严苛的关系,他也并不时常露出笑容,就和她一样。

而现在,他忽然淡淡地勾了勾唇。

温毓怔了会儿,居然率先移开了视线,她冷声:"我说,可以停车了。"

"我不介意帮人帮到底。"他说,唇角的笑意更浓。

"有司机会去接我。"

"你的手机应该没有失灵。"晏怀先淡淡的,"你父亲知道我送你回家,我相信你的日子会更好过一点。"

"所以你的意思是,我应该感谢你?"

"如果你想感谢我,我应该也不会拒绝。"

温毓深吸几口气,转头看他,结果看到他的表情难得的放松,连眼角都带着笑意。她忽然忘了刚刚想说什么,难得尴尬了一下,挪开眼神,没有再说话。

总算到了温家门口,温毓下车的时候晏怀先在车里看着她,车门关之前他忽然说:"明天见。"

温毓当作没听到,转身往回走。

温岫正好开车回家,看到晏怀先的车子离开,追上大步回去的温毓,轻轻拍了拍她的肩膀。

温毓不知道在想什么，吓了一跳。

温岫忍不住笑："出什么神？"

"没什么。"温毓摇摇头，"大哥，你怎么这么早回来？"

"回来一趟再出去。"他笑笑，揽着她的肩膀，"刚刚的车是晏怀先的？"

她轻声应。

"他送你回来的？"温岫的声音有些戏谑，"看来有些进展？"

温毓停住步伐："大哥，我和他不可能。"

温岫一脸不在意："我们的婚姻和你自己的喜好没有任何关系，你到现在还没想通？交易而已，还能有什么真情。"

"大哥也一样吗？"她问，"你的婚姻也会是一场交易吗？"

温岫用"你在说废话"的表情看她："自然，人选已经定了，我见过几次，长得还算不错，婚期大概是在明年。"

温毓咬咬唇，一把推开他的胳膊："我不会和你一样的，我将来要嫁，只会是我自己想嫁。"

温岫看着温毓说完就匆匆跑了进去，脸上带了笑：她自以为成熟，其实格外天真。

温毓躺在床上，有些失神，她一直以为温岫是不一样的，其实和别人一模一样。

她还记得第一次见到温岫的场景。

那时她刚刚来到温家，像是一只小兽对所有人都存在敌意，也不肯吃东西，只是躲在房间的角落里一声不吭。

温历已经有些失去耐心，是温岫主动站出来，来到温毓的面前，揭开她遮在身上的床单。

因为好几天没有吃东西的缘故，她整个人异常虚弱，仿佛用力呼吸都能晕倒，嘴唇惨白得不像话，只有眼神倔强，一如往昔。

温岫轻轻抚她的脑袋，她没什么力气，小胳膊抬起来想打开他的手，结果只不过是打痛了自己的手，而后抬眼，狠狠地瞪着他。

温岫脸上的笑容未变，依旧温暖："阿毓，我知道你为什么会这样，可是没用，你只有强大起来，才能做你想做的事情，保护你想保护的人。"

她长大了，可依旧没有变得强大，她再一次没有保护好她想保护的人。

仿佛一切都还在过去，可是温毓知道，一切都不一样了。

温毓起身去衣柜深处找出了那件她曾经穿过的白色外套，上面暗红色的星点还在，她轻轻抚过，有些犯晕。

对不起，阿璇，原来再有一次这样的机会，你还是在我的眼前失去了踪迹。

上一次我花了十几年才找到你。

这一次，我希望能快一点，再快一点。

冬日的严寒逐渐过去，春天在不知不觉中已然到来。

明扬高中一向都有春游的传统，今年也并不例外，而且明扬的春游和别的学校不同，是两天一夜的行程，用了自由拓展的名义，实际上就是给学生放松一下。

今年明扬高中定下的春游地点是在邻省海边的私人沙滩，明扬高中直接包场了两天一夜，足够豪气，别的高中羡慕不已。

温毓对这种活动其实一丁点兴趣都没有，更何况还有个聒噪的易文钦也会一起去。

可是温毓没办法拒绝，因为晏怀先也会去。温历下了死命令，她不去也得去。

宋寄安自然是要去的,可实在是太不巧,临行前宋寄安的爷爷病危,所有的子孙都要去医院守着。

连宋寄安都不去,温毓便觉得这次春游越发没有意思。

明扬高中的学生不多,再加上这次高三学生没有同行,学校包了六辆车就能让所有老师和学生一起坐下。

温毓原本不想搞特殊,可是易文钦一直缠着她坐她身边,有数不清的话要说,刚巧温岫也要一起去,温毓看到他的车就停在身边,连忙下车跑过去:"大哥,我能和你一起去吗?"

温岫耸耸肩:"当然可以。"

她松了一口气,连忙跑进温岫的车里。易文钦倒是想追上来,不过他似乎有些害怕温岫,想迈步过来,还是缩了回去。

温岫笑着回头看一眼:"怎么?在躲人?还是以前那个,叫什么来着,易文钦?"

温毓觉得头疼:"嗯。"

学校的车已经出发,温岫缓缓启动,在校门口忽然停住,他从车窗探出头去:"要不要一起?我们温毓也在。"

温毓原本低着头在小憩,听到这话蓦地抬起头来,还没能反应过来,车门已经被打开,一个身影坐了上来。

她定睛去看,而后轻轻皱眉。

温岫显然很开心的样子:"你们聊,不用介意我,我就是司机。"把话说完,他甚至还把中间的挡板升了起来。

温毓挺直了背脊想说什么,可最后还是咬咬唇,往后一靠,背对着他闭上了眼睛:"你可以不上来的。"

"嗯。"晏怀先说,"你大哥太热情,我怎么拒绝?"

"太烂的理由。"

"嗯,是因为你。"他淡然说道,仿佛在说一件和他完全不相关的事情。

温毓缓缓睁眼，浑身有些僵硬。

"和你一路大概比和司机助理一起会有趣一点，你说呢？"晏怀先说，"不过现在看来，没什么区别。"

"那你是不是可以下车了？"温毓懒懒地说。

"暂时没这个打算。"晏怀先叫她的名字，"温毓，为什么忽然转到明扬？"

温毓深吸一口气："我说了，我有我的原因，至于这个原因，我想我没必要告诉你。"

晏怀先低头笑了笑，没有说话。

一路无话，温岫将音乐声开得很轻，轻得几乎听不到，这种安静让气氛更加诡异，温毓一直在装睡，可有外人在场的时候，她根本睡不着。

一直保持着同一个姿势不免身体有些僵硬，她忍不住轻轻地动了动身体，结果听到晏怀先的低笑声："装睡是不是格外有意思？"

温毓被气到，猛地直起身，转身瞪他一眼，想一想自己似乎太过被动，随后又靠回去："我就是喜欢装睡，和你有什么关系？"

"的确没有。"他在她看不到的地方笑了笑。

温毓觉得在车里的每一分都是煎熬，还不如留在大巴车里听易文钦的唠叨，好在目的地并不算特别远，终于在她再一次的装睡中到了。

私人沙滩很干净，沙子又白又细，海水也格外透蓝，已经有学生在海里玩闹。

老师好不容易才将所有的学生都集合起来交代了一下具体事项，大家首先要做的就是搭帐篷。

因为是两个人一个帐篷，温毓正好轮到和杨从玦一个帐篷。别说温毓不愿意，杨从玦也不乐意，她要和李绪瑶一起，就把郁砚给推了过来。

郁砚走过来的时候温毓已经在开始搭帐篷，她连忙过去搭了把手，而后说："杨从玦把我换过来了，我也觉得和你一起比和李绪瑶一起好多了。"

温毓并没有说话，只是专注地做手头的工作。

许多娇小姐嫌累已经让男生帮忙，也就温毓和郁砚还在亲力亲为，易文钦已经将自己的帐篷搭建好，过来看到温毓一脸认真，已经只剩下最后的收尾工作，连忙跑近："我不是说了等我过来帮你搭的吗？"

"我可以做的事情，不需要别人的帮忙。"温毓看都没看他一眼，兀自进行最后的工作。

易文钦忍不住笑了笑，别人都不明白他为什么喜欢温毓，只有他明白，温毓那么好，不喜欢她的人才是瞎了眼。

吃过午餐之后就是自由活动，温毓并没有什么兴趣，找了个阴凉的地方坐下，看着一群人欢快地跑着玩着闹着。易文钦跑去潜水了也没有再缠着她，实在是难得的清静。

她和同龄人好像一直都玩不到一起，除了宋寄安之外她连说话的朋友都没有，更别说一起玩闹了。

大概是她一直想着要变得强大，所以都忘了自己其实并没有长大。

这种春游的活动她从小就不喜欢，果然现在依旧不喜欢。

肩膀忽然被轻拍，是温岫坐过来："怎么不去玩？"

"没什么好玩的。"

"是了，寄安没来。"温岫笑了笑，"阿毓，你该多交些朋友。"

温毓并没有反驳，尽管她并不认同他的观点。

"阿毓，你有心事。"温岫笑着揉揉她的头发，"不过女孩子长大了，怎么会没有心事，有事记得和大哥说。"

她躲开他的手，轻应一声，尽管她现在已经过了那个会找大哥诉苦的年纪。

以前,温岫是她眼中的神,无所不能的神。

海边忽然一阵喧闹传来,温岫起身远远看去,有人喊话过来,似乎是有人在冲浪的时候受伤了。

温岫拍了拍温毓的肩膀便大步走了过去。温毓躺下来,仰头看着湛蓝的天空,初夏的温度实在太舒服,又没有人在身边,简直让她昏昏欲睡。

可惜喧闹声越来越近,她被吵得坐起来望过去,没想到受伤的人居然会是晏怀先。她远远地看到他捂着手臂,还有殷红色的血滴落下来。

她有些头晕,那些血仿佛一滴一滴落在她的心口,她再次忆起那晚的场景,蓦地闭上眼,握紧了拳。

她本来不晕血,可自从那晚之后,似乎就有些后遗症。

晏怀先他们越走越近,他手臂上的血液那么清晰又明确,她喘了两口气,扶着一旁的石头想站起来,却没想到腿一软,蓦地坐了下去。

眼前一阵阵泛黑,她有些坚持不住,隐约看到郁砚跑了过来,一脸焦急地叫她的名字,她想睁大眼睛,可最终还是失去了意识。

她又梦到了那个寒冷的夜。

不过是呼吸都能从口中冒出白气,她站在黑漆漆的、没有任何光亮的教学楼前,扬起头来。

她的眼睛终于逐渐适应黑暗,月光不是很亮,但聊胜于无,顾璇就这样从四楼的楼顶掉下来。

温毓伸手想要去接,她却直接穿过她的手臂,重重地落在了地上。

鲜血在一瞬间炸裂开来,全都溅在她的脸上、手上、身上,她低头去看顾璇的脸,却看不到面容,只剩下一团乌黑的血迹。

"不要!"她惊叫一声,蓦地坐起身来,喘着气无法平复。

梦里的情景太过真实，让她还以为再次经历了那夜。

她满头是汗，大口呼吸了两声之后，总算开始思考自己如今身在何处。

"做噩梦了？"有熟悉的声音在不远处响起。

温毓愣了愣，顺着声音的来源转身看去，是晏怀先，他靠在她隔壁的床上，手臂上包了纱布，脸色稍微有些惨白。

她开始忆起晕倒前的事情："我们在哪里？"

"酒店。"他言简意赅。

温毓蓦地抬眼看他。

她知道这片私人沙滩是酒店的，因为明扬将沙滩包下来的缘故连酒店都暂停营业，只是明扬有个性，有酒店不住偏偏要让学生去沙滩上露营，美其名曰体验生活。

温毓直接掀开被子下床，只是腿有些软，差点就摔倒，晏怀先不知道什么时候已经来到她面前，用他完好的那条手臂扶住了她："不用再躺一下？"

温毓下意识地一把甩开他的手，他大概是没有想到她的反应会这么激烈，没有站稳，往后一摔，受伤的手臂正好碰到了床头柜。

他皱了皱眉，捂着伤处没有说话。

温毓没有察觉，直接大步走开，来到门口的时候忍不住回头看一眼，正巧看到晏怀先捂着伤口一声不吭。

她犹豫了下，转身走回去，低声询问："你没事吗？"话刚出口，她已经看到了他纱布包扎的地方又渗出了血迹。

温毓抿了抿唇："我去找人。"

只是还没转身，晏怀先已经抓住她的手臂："我没事。"

"你确定？"

晏怀先松开手，应一声："是他们太大惊小怪而已。"

不是他们太大惊小怪，只是晏家的长孙若是出现什么差错，谁能承担得起责任？

温毓点点头："那我先出去了。"

"我以为你不会喜欢和她们一起玩。"晏怀先在她身后轻声说道，"还不如在这里休息一下不是吗？"

温毓沉默了几秒，而后回身躺在了床上，背对着晏怀先不说话。

"没想到你会晕血，我还以为你什么都不怕。"他侧头看她窈窕的背影。

他这样赤裸裸地嘲笑她，她也忍不住反驳："没想到你连冲浪都会把自己弄伤，我还以为你无所不能。"

"原来在你心中，我无所不能。"他的声音里满满的都是调侃的笑意，"可我不是神，不好意思，让你失望。"

温毓回身瞪他一眼，却因见到他带着笑意的表情怔了一怔，似乎有些不认识他，尽管她也不算有多熟悉他。

她向来与人保持距离，女生是如此，更别说是男生，所谓的人际交往，于她而言只是折磨。

他的笑容敛了敛："刚刚做了什么梦？"

温毓收回视线，平躺着看着房顶，轻声说："与你无关。"

在顾璇刚失踪的那几天，她甚至都不敢睡觉，只要一闭上眼睛仿佛就能看到那个画面，她唯一的亲人就在她的眼前失踪，而她什么都做不了。除却五岁时的分离，温毓从未觉得如此无力过，她有一度十分颓唐，最终还是决定站出来，因为除了她，没有人再为顾璇，为她的妹妹讨回这个公道。

她要找回她，无论生死。

"温毓？"他叫了她好几次，她都没有回答，仿佛又陷入了昏睡。

他刚想下床看看她，她却已然坐起身："我已经休息好了，你自便，我先走了。"

她大步走向房门，晏怀先下意识地起身跟过去。

"小毓毓！我总算找到你了，听说你晕倒了，没事吧？"

晏怀先一跟出去就看到温毓被人紧紧地抱在了怀里，眉心拢起来，想踏步上前。

温毓的速度比他更快，也不知道她哪里来那么大的力气，一把将来者推开，随后冷眼瞧着来者："易文钦！"

易文钦摊开手，一脸无奈："我太紧张了，差点忘记你不喜欢身体接触。你没事了吗？"说着，他看到了房门口的晏怀先，脸上不免有了些防备的神色。

温毓却没注意到，直接大步往前走："我没事了。"

晏怀先看着易文钦如同跟屁虫一样跟在温毓身后，心里有些不是滋味，几次想要上前，最终还是往后退了一步，用力地关上了房门。

还在走廊上的易文钦顿了顿，笑容微敛，下意识地回身看了一眼，等再回过头来，又是一脸笑意："小毓毓，你真的没事了吗？再休息一会儿吧？不过你怎么就忽然晕倒了？"

温毓闭了闭眼睛，再睁开的时候咬牙切齿："闭嘴！"

温毓到沙滩上的时候正好夕阳西下。

晏怀先站在窗边往外看，沙滩上有许多人，可他一眼就看到了温毓。

因为出来玩，所有人都没穿校服，温毓似乎很喜欢黑色和白色，今天穿的是一件简单的白色T恤和黑色紧身长裤，头发没有扎起来，松散着披在身后，夕阳的昏黄光线下，她整个人仿佛都在闪闪发光。

他缓缓收回眼神，却忍不住又多看了一眼。

大家已经在准备晚餐，晚餐是沙滩BBQ，郁砚看到温毓出来连忙跑过来："你没事了吗？刚刚吓死我了，忽然就晕了过去。"

温毓点点头说没事，直接越过她走了过去。

郁砚笑了笑追上去："等会儿我们一起坐吧？"

温毓向来吃得不多，所以稍微吃了点就放下筷子。郁砚却又替她拿了些烤肉过来，说："你刚刚晕倒了，现在应该多吃点。"

"我不想吃。"温毓抬眼看她。

郁砚愣了愣，说了声对不起就要拿走。

温毓略一沉吟，伸手从她手里把那几串烤肉拿过去："不要再帮我拿了，我真的吃不下。"

郁砚笑起来："嗯，那你要不要喝点什么？我帮你拿？"

"不用。"

易文钦在一旁看着，忍不住说："你怎么比我还殷勤？这样可不行！会把我在小毓毓心里的地位比下去的。"

温毓简直不想和他多说一句话。

杨从玦和李绪瑶就坐在隔壁的桌子上，杨从玦将视线从温毓身上收回来，轻声问："你说，刚刚温毓晕倒了，是不是真的晕血？"

"难道还是假的？"

"也不是不可能，说不定是为了引起晏怀先的注意呢！"

"我看不像，估计是真的晕血。"

"如果是真的话，我有个计划，你想不想听？"

"什么计划？快说快说！"

杨从玦附耳上去，轻声说完："你觉得如何？"

李绪瑶竖起大拇指："我早就想挫一挫她的锐气，让她也吃点苦头！看她还敢不敢这么对我们！"

"那等会儿可不能让易文钦跑到温毓旁边去。"

李绪瑶眨眨眼睛："瞧我的吧，这次肯定要让她吃点苦！想到上次被她关在器具室就气！"

　　傍晚的时候有篝火晚会，来明扬的学生大多有才艺，一个个轮着上去表演，倒是一片和乐融融。

　　易文钦一直坐在温毓身边，直到他跑上去唱歌，温毓才得了一丝空闲，小心翼翼地从人群中退了出来。

　　因为所有人都围在那一片，其他地方反而格外安静和空旷，她回身看了一眼，那边热闹依旧，火光洒在所有人的脸上，他们都在笑，在狂欢，可这狂欢是他们的，不是她的。

　　一个人的静谧于她而言显然更加合适。她找了个地方坐下，背靠着一块巨石，眼前是无边无际的暗色的大海。

　　有月光洒在海面，波光粼粼，随着风声而来的是海浪扑在沙滩上的声响，海水咸咸涩涩的味道就在鼻尖，她深深吸了一口气，微微闭了眼睛，这种安宁实在是太难得。

　　此时易文钦已经演唱完毕，下来就要找温毓。杨从玦冲李绪瑶眨了眨眼睛，李绪瑶点点头，便朝易文钦走了过去："你是不是找温毓，我看到她去酒店了。"

　　易文钦深信不疑，转身就往酒店走去。

　　杨从玦悄悄走到石头后面，看到了孤身一人的温毓，她勾唇笑了笑，拿起什么东西朝她面前扔了过去。

　　"啪"的一声响动，有冰凉的东西溅到脸上，温毓微怔，缓缓睁开双眼，她以为是下雨了，伸手在脸上抚了抚，下意识地放到眼前去看。

　　她的手颤抖起来，手心是一片红色，她骤然握拳，腿有些发软。

　　天那么黑，似乎有乌云将月亮遮住，那些不远的欢笑声仿佛逐渐远去，她喘气，想扶着石头站起来，腿却一点力气都没有，重新跌坐下去。

　　那么黑，和那夜一样，那么黑，黑到连她的手指都看不到，大概是因为看不到,她的嗅觉格外灵敏,浓重的血腥味丝丝缕缕钻进她的鼻子,她咬紧牙关,深深呼吸,可顾璇那张满是血的脸一遍又一遍地出现在眼前,她靠在石头上,眼睛睁不开,一切都朦朦胧胧的。

杨从玦笑一声,对着跑过来的李绪瑶低声说:"没想到她真的晕血哎,我们快点,别让人发现了。"

温毓很瘦,杨从玦和李绪瑶就能轻易将她抬起来,两人小心翼翼绕过人群来到酒店的后门处,杨从玦说的那辆冷冻车果然就停在那里。

两人先将温毓放下,杨从玦将车厢门打开,里面还有一些海产,大概是要运到别处去的,两人合力将温毓放了进去,而后将车厢门关上。

杨从玦和李绪瑶对视一眼。

李绪瑶忽然说:"没事的吧?"

"能有什么事儿?我们又不把门锁住,等会儿她被冻醒了自己会跑出来的。"

李绪瑶点点头:"对,我们又不是想害她,就是让她吃吃苦头!谁让她先招惹我们的,对吧?"

杨从玦笑着搂住李绪瑶的胳膊:"好了,我们走吧,我可还没玩够了,别因为她破坏了心情。"

杨从玦和李绪瑶回去的时候,篝火晚会还在继续,两人刚刚坐下,易文钦便坐过来问:"你真的看到温毓进酒店了吗?我没找到她。"

李绪瑶有些不耐烦:"我就是看到她往酒店里面走的啊,我怎么知道她到底去哪里了?"

杨从玦在一边幽幽地说:"晏怀先在住酒店,说不定去找他了呢。"

易文钦的表情僵硬了一下,蓦地起身往酒店里跑。

李绪瑶看着易文钦快步跑开的身影,笑着捅杨从玦的胳膊:"可真有你的!"

"那是，也不看看我是谁！别想她了，瑶瑶，你也上去跳个舞吧！"

易文钦知道晏怀先在哪个房间，直接冲过去敲门。

等晏怀先把门打开便冲了进去叫人："温毓？温毓你在吗？"

晏怀先站在门口，一脸不悦："你干什么？"

易文钦转了一圈来到晏怀先面前："温毓不在这里吗？"

"到我这里来找温毓？"

易文钦哼一声，不理他直接大步离开。

温毓不见了？晏怀先皱了皱眉，第一反应就是她为了躲开易文钦，可不知为何，心中居然有些不安。他在沙发上坐了一会儿，最终起身穿上了外套，走出房间。

时间已然不早，篝火晚会已经结束，所有学生都一一走回帐篷准备休息。

温毓依旧没有回到营地。郁砚在帐篷里待了一会儿之后忍不住跑出来找了郑怡："温毓还没有回来，怎么办？"

这里的哪一个学生出了差错可都不是小事，郑怡不敢随便，连忙将学生叫出来询问："你们最后一次见到温毓是什么时候？"

温毓一向独来独往，大家都没有在意过她，你看我，我看你，居然没有一个人知道的。

郑怡有些着急，正好温岫也过来了："怎么回事？"

郑怡不知道该如何说出口："温毓她，不见了。"

温岫脸色一凝，连忙开始找人。

大家都两两一组去找人，杨从玦和李绪瑶小心翼翼地说话："照理说这会儿她不是应该被冻醒了吗？怎么还不回来？"

李绪瑶有些害怕："不会有事吧？"

两人跑去酒店后门看,那辆海产冷冻车却已经消失不见了。

两人对视一眼,全都被吓了一跳,正巧有厨房的工作人员出来,杨从玦连忙跑过去问:"刚刚这里的车呢?"

"开走了啊。"工作人员不以为意。

"开走了?"杨从玦跑回来拉住李绪瑶的手,"怎么办?车子开走了!"

"温毓会不会出事啊?会不会被人发现是我们干的啊?从玦,我们怎么办?"

两人颤抖着往回走,杨从玦还在安慰李绪瑶:"没事的,温毓不是有手机吗?她醒了不会打电话的吗?"

话音刚落,那边就有人在叫:"老师!这里有部手机,会不会是温毓的?"

温岫拨通温毓的号码,果然,这部被遗落的手机是温毓的。

杨从玦和李绪瑶面面相觑,两人躲到了角落说话。

"不会真的有事吧?那个冷冻车里那么冷,她万一被冻死了怎么办?"李绪瑶问。

"温毓也不傻,应该会找办法救自己的吧?"杨从玦虽然这样说,可依旧有些担心,如果真的要查,她们肯定脱不了关系。她们也不想要了温毓的性命,只是想惩罚惩罚她而已,如果真的出了人命……

"温毓在哪里?"

身后忽然传来声音,两人吓了一跳,往后看去。

晏怀先就站在她们身后,一脸正色,眉心拢起。

两人不知为何哆嗦了一下,杨从玦原本还不想说,李绪瑶被晏怀先吓到了,直接就把一切事情都交代了。

晏怀先转身离开之前狠狠瞪了两人一眼。李绪瑶吓得眼泪都出来了,握着杨从玦的手说:"我们怎么办?他会不会报复我们啊?"

杨从玦也不过是佯装镇定,浑身都在发抖:"应该不会吧,我们又不是故意的!"

晏怀先一边给司机打电话,一边去酒店找工作人员。

工作人员得知那个冷冻车里有人,吓了一跳:"车子早就开走了,我们也不知道里面有人,还以为忘了关车厢门,把门关了就走了,这会儿也不知道去了哪里。"

"打电话给司机!"晏怀先冷声说道,浑身都像是有怒意在涌出来。

那边连忙打电话,可是好一会儿都不通:"打不通,可能不小心弄了静音。"

晏怀先神色镇定,只有皱着的眉头在告诉别人他在发怒,他深吸一口气:"那个车的车牌号是多少!"

他转身大步出去:"帮我查一下这个车牌号的冷冻车在哪个位置,要用最快的速度!另外找一辆救护车。"

晏怀先坐上车,司机回身问他:"少爷,去哪里?"

"从这里出去的路是不是就一条?"

"是的。"

"那先开出去,等一下再听指示。快!"

温毓是被冻醒的。

寒意逐渐侵入她的每一个毛孔,她打了个寒战,缓缓睁开眼睛,怔愣之后蓦地颤了一下。

这是在哪里?

这是一个密闭的空间,有白色的冷气在里面蔓延,有几箱不知名的东西,她穿得并不多,这会儿已经冻得嘴唇都开始发紫。

她摸了一下衣服口袋,手机不在,不知道是掉了还是被人拿走了,她用力地拍着门，可是没有任何人回应。

　　不过一会儿温毓便明白了自己的处境。她在一辆行进中的冷冻车里，而且没有手机，肯定是这次旅行中的某人将她移到这里来。

　　她才刚刚转到明扬，尽管没有朋友，可明显的敌人数都数得清。

　　可现在更重要的是让自己逃出去。

　　她越发觉得冷，寒冷让她开始浑身无力，连站都站不起来，只能缩在角落，紧紧地抱住自己。

　　呼出的气都仿佛快要冻僵在空气中，她有些乏力，眼睛都有些睁不开，可她知道这个时候她不能睡着，要是睡着，就真的无能为力了。

　　温毓咬着舌尖，疼痛让她稍微清醒了一些，她睁眼闭眼，忽然看到顾璇就坐在她的眼前。

　　"阿璇。"她低声叫，"真的是你吗？"

　　顾璇的手伸过来在她的脸上轻轻抚过，也是冰凉彻骨。

　　"是我。"她说。

　　温毓笑了笑："我以为再也见不到你了呢。阿璇，你能原谅我吗？原谅我一次一次都没有保护好你。"

　　她没有回答，只是静静地睁着眼睛。

　　那双眼睛那么大，眼中逐渐蓄起了泪水，马上就要落下来。

　　温毓有些心疼："不要哭……"她伸手想替她擦掉眼泪，可顾璇却忽然化作一缕青烟，就这样消失在了她的眼前。

　　她怔怔地叫了一声："阿璇……"

　　脸上有些凉，温毓伸手抹了一把，是眼泪。眼前开始变得模糊，她觉得自己大概坚持不住了，眼皮再也睁不开，一点一点地往下耷拉。

　　对不起啊，阿璇……

　　光亮在瞬间点亮，从星点逐渐变得灿烂，温毓的唇角微扬，彻底失去了意识。

第二章 不是每个人都求之不得

车厢门被猛地打开,冷气瞬间冲出去,萦绕了好一会儿才散。

晏怀先一眼就看到了缩在角落的温毓,他唇角一抿,在所有人动作之前率先上去,将她搂在了怀里。

"温毓?"他叫她。她的身体冰凉彻骨,他探她的呼吸,这才稍稍松了一口气,温毓没事。

晏怀先将她打横抱起,从车厢出去,已经有救护车等在一旁。他把温毓轻轻放下来,抚了抚她冻僵的面孔:"你会没事的。"

救护车往最近的医院开去,晏怀先坐在一旁,看医生做应急措施,脸色暗淡,静静地看着温毓,双拳紧握。

往日的温毓是自信的、傲气的,而现在的她,却是虚弱的、没有生机的。

她让他好奇,也让他心疼。

救护车终于到达医院,温毓被送去急救,晏怀先就坐在急救室外的长椅上。

助理走过来和他说话:"已经通知学校那边的人,温小姐找到了。"

晏怀先点点头。

"少爷,您要不要先回去休息?"

他摆摆手,不愿意说话。

助理轻轻颔首，立到一旁不再说话。

晏怀先看着急救室的方向，眼神微敛，深深呼吸。

好在发现得早，温毓并没有大问题，她已经从急救室出来，正在病房输液。

晏怀先坐在病床旁静静地看着她，她依旧昏睡，双眼紧紧地闭着，原本青紫的嘴唇终于逐渐有了一丝红润。

他忍不住伸出手去，轻轻碰了碰她的脸颊。比起刚刚的冰凉彻骨已经好了许多，他顺手替她理了理额前凌乱的头发，刚想把手收回来，她忽然动了动。

温毓嘴唇微张，似乎在说些什么，可是声音混沌，根本听不清楚，也只不过是一声而已，很快就归于平静。

他将手缩回来，看到她的胳膊被露在外面，握住她的手想帮她放进被子里，她不知道哪里来的力气，忽然紧紧地抓住了他的手，指尖紧紧地扣住他的手心。明明是冰凉的，他却觉得有一股热意从掌心渗入四肢百骸。

晏怀先浑身一僵，想要挣脱却忍住了，他再次看向温毓的脸，温毓丝毫不觉，依旧沉睡着，只有眉心微皱，大概是又做了什么噩梦。

他的视线移向他们交握的手，抿了抿唇，并没有松开，任由她握着，淡淡地移开了眼神。

宋寄安没想到匆匆赶到营地却得知温毓失踪，好不容易等到温毓被送到医院的消息，得知温岫要去医院，连忙冲过去说："温大哥，我也要去看阿毓！"

温岫也知道宋寄安是温毓唯一的朋友，点点头。

宋寄安坐进车里，另一边的车门也被打开，一个身影瞬间闪进来，是易文钦，他尴尬地笑了笑："我也担心温毓的安危，我想去看看她。"

温岫也没有说什么，猛地踩下油门，将车开了出去。

宋寄安对易文钦满腹怨念，低声埋怨："你不是一直跟着阿毓的吗？怎么还会把她给跟丢了，让她遇到这种危险？"说着她顿了顿，问温岫，"温大哥，是谁救了阿毓？"

"是晏怀先的助理打电话过来的，具体情况还不清楚。"

"阿先？"宋寄安的眉头轻蹙，双手不自觉地绞在一起，不知为何有些不安。

易文钦的神情复杂，又是晏怀先！

温岫要去停车场停车，便先将易文钦和宋寄安放在医院门口，两人匆匆跑进去，等到病房门口的时候已经气喘吁吁。

两人还非要争谁第一个进去，在门口僵持不下。

宋寄安仰着头瞪易文钦："我是阿毓最好的朋友，我先进去！"

"你有我喜欢她吗？"易文钦不让步。

"你还是不是男人？一点都不谦让！"

"你难道不是淑女吗？可以这么瞪人？"

两人哼--声，在门口挤来挤去，结果两人齐齐冲了进去，踉跄几步才站稳。

"阿毓！"

"小毓毓！"

两人同时出声，而后看向病床。

一阵寂静。

宋寄安和易文钦第一次那么统一，眼神齐齐地落在晏怀先和温毓交握的手上。

宋寄安莫名地有些尴尬，唇瓣轻颤："阿先，你也在这里？"

晏怀先这才缓缓转头看过去，轻飘飘地扫了他们一眼，手却始终没有松开，仿佛丝毫都不在意。

宋寄安满腔对温毓的担忧到如今变成了尴尬难堪，她无论如何都想不到会看到这样一幕，就像是一直以来担忧的事情变成了现实，偏偏她又什么都做不了。她只能咬着唇轻声问：“阿毓没事吗？”

晏怀先点点头：“她没事。”

易文钦比宋寄安冲动，直接大步冲上去：“放开她。”

晏怀先抬眼看他，满脸都写着"和你无关"。

易文钦想去抓过温毓的手，却被晏怀先抬臂隔开：“不要吵到她。”

易文钦咬着牙，眼看着晏怀先轻轻松开温毓的手，还将她的手放回被子里，这才起身：“都出去。”

明明声音浅淡，却又带着让人无法抗拒的王者之气。

三人齐齐出去，晏怀先在关门的时候又回身看了温毓一眼，她还没有醒来。

温岫也匆匆赶到，见三人都在外面，问：“阿毓没事吗？”

晏怀先颔首：“她没事了，只是还没有醒过来。”

“到底发生了什么事情？阿毓到底怎么了？”

有助理替晏怀先将一切解释清楚："医生说温小姐没事，只是如果再晚发现一点，可能就会有生命危险。"

易文钦恨恨地说：“要让我知道是谁把她关到冷冻车里去的，看我放不放过他！”

温毓又做了一个冗长的梦。

这次她回到了五岁之前，和顾璇还在幼儿园的时光。

她早慧，五岁之前的事情也有了记忆，林林总总的，虽然不算完整，却也大概能拼凑出一个并不幸福的童年。

也是,在孤儿院里能有什么幸福可言。

从有记忆起,她就知道自己和妹妹是被人扔到孤儿院门口的,她的父母不要她们了。

在孤儿院的日子并不好过,尤其是在顾璇带着半脸胎记的情况下,顾璇成了所有人嘲笑和攻击的对象。

顾璇从小就是软弱的、瑟缩的,大概是知道并不讨人喜欢,连话都说得并不多。她一开始那么讨厌这个长得丑又不会说话的妹妹:"都是你!说不定没有你,我们就不会被扔掉了!谁让你长得这么丑!"她肆无忌惮地和别人一样用言语伤害着唯一的妹妹。

顾璇从来都不会反驳,只是自己躲在角落偷偷地哭。温毓气恼顾璇的不争气:"就知道哭,你除了哭,还会干什么?"

"对不起。"顾璇轻声说,"对不起……"

可只会说对不起的顾璇,却会在她得了重感冒,连孤儿院的阿姨都放弃她的时候偷偷给她拿东西吃,小心翼翼放在床头,低声哭着对她说:"姐姐,你不要死,我不要一个人,你早点好起来好不好,我以后一定乖乖的……"

她的眼泪瞬间落下来,知道自己一定得好好得活着,活得比任何人都好,这样才能保护好她唯一的亲人,保护好自己。

可是对不起,阿璇,我到底还是没有保护好你……

温毓蓦地睁开了双眼,有眼泪从眼角滚落下去,没入枕中,而后消失不见。她怔怔地望着房顶发呆,唇角扯了扯,原来她还没死,原来她还活着。

活着好,活着就还有希望,就还有改变一切的机会。

她侧头看向点滴药水瓶,才挂了一半,浑身还有些凉意,她用另一只手拢了拢被子，深吸了一口气。

晏怀先回身望一眼，从门上的玻璃窗看到温毓睁开了眼睛，旋即转身开门进去："你醒了？"

宋寄安和易文钦都跑得比他快，宋寄安直接扑在了床边："阿毓，你醒了？你没事吗？"

温毓还没什么力气，轻声说："我没事。"

易文钦也不甘示弱："是谁干的？看我不把他也丢进冷冻车里待一夜！"

"是我自己。"温毓说，"是我自己不小心。"

"怎么可能！"易文钦不信。

温毓却坚持："和别人没有关系，真的是我自己不小心。"

有些事情，太轻易解决，就没有意思了。

这样的话，谁会信？

别说宋寄安，连易文钦都不信。

可是就算不信又有什么办法？要是温毓不想说，她的嘴，谁能撬得开？

宋寄安和易文钦争先恐后地要留在医院里，结果宋寄安母亲打来电话，她不得不匆匆回去，离开前她还多看了晏怀先两眼，只是晏怀先坐在角落的沙发，低垂着眼，仿佛什么都没有注意到。

宋寄安走后，易文钦乐呵呵地凑上来，还没来得及坐下，温毓便出声："你也回去。"

"小毓毓……"

温毓蹙眉："给你三分钟时间，如果不走的话，等我回学校之后会继续转学。不是每次，你都能找到我的。"

易文钦的笑容敛了敛，想要抬手去理一下她的头发，可手还未触及她的发丝就看到了她冰冷的目光。他顿了顿,将手收回来,忽然笑了笑:"好,那学校里再见。"

病房里只剩下温毓和晏怀先两人,温毓终于抬眸看向那尊大佛。

"你,不走?"

"呵……"晏怀先也抬起眼,两人的视线在充斥着消毒水味道的空气中相撞,仿佛有刺眼的光亮,"我可不想他那么蠢,真的以为你会转学。"

温毓撇撇嘴,并不多言。

晏怀先修长的腿站直,而后缓步走到病床前,微微俯身看着她,她分毫不让,仰着头看他。

"为什么不说?"

"什么为什么?"

"你知道我说的是什么。"

"我也以为,你会知道为什么。"温毓忽然勾唇笑了笑,淡淡的,没什么意味,就只是那么一个动作。

不过一秒的怔愣,晏怀先也浅淡地勾起了唇角:"我只是以为你并不会喜欢这么无聊幼稚的游戏。"

"她们玩,是无聊幼稚,如果我也想玩,那就不是了。"对于他的太过靠近,温毓微微敛眸,"这种距离,并不适合我们。"

他的确靠得太近,近到两人鼻尖与鼻尖的距离约莫只有两三厘米,他说话时,她能感觉到他鼻尖以及口中的热气会扑在她的脸上,并不反感,只是不习惯。

"那怎么样的距离才适合我们?"晏怀先没有后退,反而又往前探过来,鼻尖蹭到她的,她皱了皱鼻子,却没有先一步后退。

毫无用处的尊严。

晏怀先:"你晕倒的时候,是我抱你来医院,那时的距离比现在近得多。"

温毓终于想要不管这该死的尊严，可是病房门忽然被打开。

两人齐齐转过头，鼻尖磨蹭之后又分开，残余的只是温热酥麻的感觉。

温岫站在门口，微微一怔，而后忽然笑起来："不好意思，我是不是打扰了你们？你们继续，我先出去。"他匆匆忙忙关门。

温毓满脸恼怒地瞪了晏怀先一眼，想要下床，肩膀却被他按住："你躺着休息。"

"你去解释？"看他要出去，温毓问了一句，只是出口便有些懊悔。

果然，晏怀先回身，浅浅勾唇："我为什么要解释？"

温毓咬咬唇，躺了下去，闭上眼睛不去想。

晏怀先坐在了温岫身边，并不言语。

温岫侧头看他一眼："怎么出来了？不陪阿毓？"

"她并不需要。"

"不。她需要。"

晏怀先终于看向他。

温岫却收回了眼神，不再继续这个话题："怎么回事？"

"就像她说的那样。"

"自己不小心跑到冷冻车里去？"温岫笑了一声。

晏怀先并没有说话。

"她心思太多，连我，有时候都看不透她了。"温岫摇摇头，"你呢？你会是那个看透她的人吗？"

"我是。"晏怀先起身，"她不需要人陪，她已经长大。"

温岫抬眼看他。

"我还有事，先离开了，替我同温毓道别。"晏怀先大步离开，候在远处的助理跟了上去，在他耳边说话。

温岫微微皱眉，终于开门进去。

温毓平躺在床上，一动不动，听到他进来的脚步声也没有反应。

"阿毓。"他叫一声。

温毓轻应："大哥，你也回去吧，我想一个人待着。"

温岫脚步一顿，脸上漾起难堪的笑容："真的不用我陪着你？"

温毓没有开口，温岫却感觉到了明显的抗拒意味。

"那我让莫姨过来，你一个人在医院不方便。"听到温毓应声，他又问一句，"到底是谁……"

"大哥，我想睡一下。"

温岫没有再言语，转身出去，在地下停车场坐上车，启动之前拿出手机打了个电话："温毓的事情，去查清楚，嗯，只需要查，不用动手。"

温毓并没有大碍，第二天已经恢复得差不多，只是温岫不让她出院，她便又多住了一天，然后又进行了一次全面的身体检查，确定没有别的问题才终于离开这个令她深恶痛绝的地方。

之前的春游在周五周六，她又在医院多住了一天，正好周一去学校。

她踏进教室的时候，原本吵吵嚷嚷的众人忽然全都安静了下来，一个个都目视着她，她仿若无觉，依旧面无表情地坐回座位。

那件事情已经成功让温毓成为明扬的公众人物，她不露痕迹地皱了皱眉，将不喜和烦闷都压在心里头。

坐在她后面的易文钦最为夸张，见她坐下来便到她身边蹲下，而后仰头："小毓毓，你确定自己没事，可以出院了？"

温毓用大拇指和食指捏住一支笔，顶在他的额头上，让他和她保持一定距离："我出院前做过全面的身体检查，不用你担心。"

易文钦这才露出轻松的笑："那就好，你不知道我这两天有多担心，你又不喜欢我去看你……"

温毓用"你也知道"的眼神瞥他一眼。

易文钦像是根本没看出她眼神的意味，依旧呵呵地笑着。

温毓也有些无奈，无论对他做什么都像是打在棉花上，软绵绵地陷下去，很多人觉得他傻，温毓知道他并不傻，他只是活得比较轻松快乐。

没有人知道，其实她很羡慕他，羡慕他可以这样自由随性，也正因为如此，她永远都不可能回应他的感情。

她的人生是一条湍急的河流，永远都不可能平静安稳，安稳便是死亡，所以她又何必要去憧憬那不可能的想象。

"可是，小毓毓，到底是谁想害你……"

"是啊，谁呢？"温毓饶有兴趣地看着前面那个微微颤抖着的身躯，唇角勾起一抹不易察觉的笑，"大概是……"

忽然"砰"的一声传来，前面的杨从玦不小心把语文课本掉在了地上，她匆匆忙忙蹲下身去捡，却迟迟都没有站起来。

温毓唇边的笑容逐渐收回去："大概是我梦游，不小心跑到冷冻车里去了吧。"

"小毓毓！"

"你不觉得你很吵吗？"她眉心微蹙。

易文钦起身，忍不住想去摸摸她的脑袋，可想了想她会有的反应还是把手收了回去，然后乖乖地坐回他的座位。

温毓一直盯着杨从玦蹲在地上的身影，忽然起身，站到她身边："需要帮你一把吗？"声音里含着只有杨从玦能听出来的讥诮。

这么蠢，又这么胆小，根本不配做她的对手。

杨从玦咬着唇，双手紧紧地攥着语文课本，课本是翻开的，手心的汗让内页都有些发皱。她深吸一口气，猛地起身，甩开温毓伸过来的手，却不敢看温毓的眼睛："不用你假好心。"

温毓耸耸肩，坐回原位，而后抬头，正好对上不远处李绪瑶看过来的惊恐未定的眼神。

她直勾勾地看着,直到李绪瑶的眼神慌乱地躲了开去。

上午的课终于结束,温毓起身去食堂,还没走出教室就感觉肩膀被人轻拍:"温毓,你真的没事了吗?"

温毓回身看了一眼,郁砚满脸担忧地看着她。她"嗯"了一声,然后又多说了一句:"听说是你和老师说我失踪的。"

郁砚猛点头:"我知道你也不喜欢那些活动,还以为你去帐篷休息了,可是等了好久你都没回来,我去周围海滩找了一圈也没看到你,我怕你出事就……还好你没事,我这两天担心死了。"

温毓没什么表情的脸上难得露出了一丝安抚的笑:"我没事。"

郁砚又盯着她的脸看了一会儿,这才舒出一口气:"没事就好啦,我们一起去吃午饭吧?"

看着她一脸的期待,温毓想要拒绝的话在喉咙里转了个弯:"嗯。"

郁砚小心翼翼地挽住了温毓的胳膊,见她并没有推开,唇边漾起一个喜悦的笑容,跟着她的步伐一起往前走。

易文钦的步伐停顿,而后笑着快走几步,一次揽住两人的肩膀:"我也一起去。"

温毓只给了他冷冰冰的两个字:"放手!"

三人来到食堂,温毓一眼就看到了晏怀先和宋寄安,她刚想假装没有看到,宋寄安已经抬手叫她:"阿毓,到这边来。"

温毓在心底默默地叹了一声,其实她一点都不想做电灯泡。

原本晏怀先身边无人敢坐,如今加上温毓三人倒是显得格外热闹,晏怀先却连头都没有抬过,仿佛丝毫不在意身旁是否有人。

宋寄安眼巴巴地看着温毓:"阿毓,你不会怪我没怎么去看你吧?

我爷爷病重，我周末都在病床旁边守着呢。"

温毓轻轻摇头："宋爷爷没事吗？"

宋寄安舒出一口气来："算是度过了危险期，不过谁也说不准，睡着的时间比醒着的还多。"

温毓也有些感慨，她和宋寄安关系不错，也见过宋家爷爷好多次，宋爷爷温和，脸上总是带着笑，还曾经摸着她的头，偷偷对她说："总是板着脸老得快，浪费你那么好看的脸蛋了。"

"周末我也去看看宋爷爷。"温毓说。

宋寄安笑："我爷爷一向很喜欢你，总说你稳重，说我在你面前就是个没长大的小孩子，要是见到你肯定很高兴。"

晏怀先很快放下筷子，离开。

宋寄安便不和温毓说话，也匆匆起身追了上去。

易文钦撇撇嘴："宋寄安这个小尾巴。"

温毓看他一眼，他自觉地闭上嘴巴，好吧，他根本没资格说宋寄安。

午饭过后，温毓觉得有些闷，好不容易才甩掉易文钦，一个人慢悠悠地走上了教学楼的天台。

是阴天，没有太阳，顶楼的风很大，能将人的衣服都吹得鼓起来。

温毓一眼就看到了站在那里的晏怀先。

他的外套不知道去了哪里，双手插在裤子口袋里，白衬衫被有些凉意的春风吹得鼓鼓的，不长不短的黑色头发有些乱糟糟的，他站得笔挺，仿佛一棵白杨。

温毓转身想要走，他背后却仿佛有眼睛："过来。"

她何必对他的话言听计从，刚把铁门打开，有一只大手从她身边伸过来，直接将门阖住。

温毓沉默一秒，回身刚想说话，却发现这个姿势有些并不那么让她喜欢。

晏怀先就站在他身前,一只手撑在她背后紧贴着的铁门上,她在他和铁门中间狭窄的空间里无法动弹,眼前是他的胸膛,因他动作的关系,扣子与扣子之间有空隙,露出了些许肉色,她隐约能看到他结实的胸膛。

她莫名觉得脸热,表情依旧淡定,仰头看他,对上他刚巧低垂的视线:"有何贵干?"

晏怀先并没有说话,眼神却胶着在她的脸上。

这并不是一种很好的体验,她不喜欢被人压制的感觉,尽管只是一道视线。

他不说话,便由她来说,只是嘴唇才刚刚微张,下巴就被他紧紧地捏住。

他捏得很用力,她一时之间居然挣脱不开,她皱眉:"晏怀先!"声音并不大,却很有力度。

晏怀先的眼神从她的眼睛微微下移,逐渐来到她微张的唇上,她唇色很浅,有些许的苍白,不知道和前天的事故有没有关系,上唇中间微凸,弧度很美,他捏着她下巴的拇指微微上移,只差一点就能碰触到她温润的唇。

温毓看着他,居然有种他下一刻就会吻上来的错觉,而这种错觉让她并不愉悦,她抬手,握住他的手腕,用了力气。

两人无声地对峙,风声在耳边显得格外刺耳,仿佛能吹进人的心里,搅乱一池春水。

晏怀先率先笑了一下,松开她的下巴,她也瞬间松手,侧过脸并不愿意再看他。

他仿佛什么都没有发生一样,浅浅淡淡地开口:"温岫在查那天晚上的事情。"

温毓并不觉得意外:"他不会动手。"

"你很了解他。"

"他是我大哥。"

晏怀先:"是吗?那你觉得他了解你吗?"

"与你何干?"

"我只是不喜欢有别人,比我还要了解你。"

温毓一怔,忍不住笑:"你这话倒是有些好笑。"

"你很快就会知道,这一点都不好笑。"晏怀先的另一只手也从她腰间穿过,就像是在拥着她一般,"我会是那个唯一,最了解你的人。"

他和她靠得太近,她能全方位感受到他身上的温度和气味,她闻到了一丝烟味,刚想说话,他忽然拍拍她的脑袋,而后打开铁门,转身出去了。

温毓微怔,直到晏怀先的脚步声越来越远,她终于醒过神来,心情有些莫名地奇怪,忍不住抬手揉了一下被他掌心碰触过的头顶。

现在还是午休时间,温毓并不急着回教室,反而迈开步子,逐渐走到方才晏怀先站着的地方,也是当初顾璇发夹掉落的地方。

她深吸一口气,寒风侵入肺腑,她咳嗽了两声,眼中有些晕湿。

阿璇,不管你在哪里,记得等着,好好地等着,等着我来找到你。

因为学生的抗议,明扬把高一的月考政策取消,所以高一第二学期除了最后的期末考试之外,最重要的就是期中考试,期中考试的成绩会占整个学期整体评价的百分之三十。

当然这个重要只是对某些学生而已,比如因学习成绩好被免除学费并许以奖学金特招进来的学生,比如想要进入国外名校的学生。

其中就有温毓。

温毓从来没有认命,这三年里,她不仅要查出顾璇的下落,更重要的就是各方面的成绩,她想要去国外的名校,并不是那些有钱才能进的学校，而是真正靠她实力进去的学校，她要逐渐摆脱温家对她的束缚。

高一（1）班的成绩两极化，从前的第一名是大家口中的"丑八怪"，她在上一学期期末考试后失踪，第一名就变成了夏小满。

当易文钦第十次探头去看温毓，发现她依旧在看书的时候，抓了把头发："小毓毓，你该不会变成书呆子了吧？"

温毓理没理他。

易文钦真怕她看出问题来，一把将她的课本拿走："劳逸结合嘛，我们出去透透气吧，你就不怕近视眼！"说着下意识地低头看了一眼怀里的课本，"哎？这不是高三的数学吗？"

温毓一把将课本抽回来："别乱动我的东西。"

"小毓毓，你以后想去哪个大学？"易文钦靠在她的桌子上，眨巴着一双大眼睛看她。

温毓默默地往后靠："与你无关。"

易文钦嘿嘿地笑："别这样嘛，我还想和你一个学校呢！"

"我可不是被虐狂。"

"小毓毓……"

"反正是你去不了的学校，你能回去你座位吗？"温毓看着这个几乎浑身趴在她桌子上的易文钦，简直是无可奈何。

易文钦耸耸肩，将课本还给她，还十分细致地翻到她刚刚看的那页。

温毓看了一眼课本，忽然感觉一道视线，下意识抬头正巧看到刚走进教室的晏怀先，他的视线落在她身上，不是以前的浅淡无味，似乎多了股侵略意味。她一眼就能感觉出来，那种眼神并不让人觉得舒服。

她微微蹙眉，瞪回去。

他却忽然勾了勾唇，移开了眼神。

晏怀先在这个学校也是神奇的存在，这个神奇并不单单指他叔叔是学校的董事长，更指的是他的成绩。

他从来没有考过第一名，也从来没有考过最后一名。

他的考试成绩每次都一样，每一门都是七十七，一分不多，一分不少。

宋寄安曾经捧着脸，满眼崇拜地对温毓说过："你知道晏怀先为什么每门都七十七分吗？因为他母亲是七夕生日，好浪漫，他要是能把成绩故意考成我的生日，我死而无憾啦！"

对于她的这番言论，温毓只是一言不发地拿数学书盖住她的脸。

宋寄安号叫一声："阿毓你好讨厌，明明知道我最讨厌数学啦！"

期中考试，晏怀先就坐在温毓的隔壁，第一门是语文，温毓写完作文的时候距离考试结束还有半个小时。

对于那道骚扰了她一个小时的视线，她终于忍不住，侧头瞪过去。

晏怀先并没有收回视线的意思。

温毓原本打算撑到考试结束，可是现在她忍不下去，直接起身交卷。

因为学生们都在考试，教室之外的校园安静得出人意料。

明扬的环境在市内是首屈一指的，教学楼前就是一片偌大的樱花林，正好是樱花盛开的季节，温毓沿着洒满花瓣的小路进去，很快就不见了踪影。

阳光很好，透过层层叠叠的花瓣照在石子路上，斑斑驳驳，黑色浅口皮鞋走过，带起一阵花瓣在她的鞋边飞舞。

已经没有路，她恍惚间抬头，看到眼前有许许多多的花瓣落下来，逐渐迷了她的眼。

孤儿院里也有一片樱花林，顾璇曾经兴奋地捧了许多花瓣到她面前：

"姐姐，送给你。"

她那时候满心烦躁，推开顾璇："走开。"

顾璇歪倒坐在地上，那捧浅粉色的樱花瓣在空中飞舞，有一片落在她的手上。她怔了怔，转头看去，透过花瓣看到了顾璇含泪的眼睛。

温毓眨了眨眼睛，你大概也会喜欢这里吧。

头顶忽然仿佛被人碰触，温毓缩了缩脖子，反应极快地回过身，是晏怀先，指尖还捻着一片花瓣。

她往后退了一步，却不小心踩到凸出来的石子，脚腕一扭就要往后倒去。

她看到晏怀先伸出的手，不愿意让他碰到，用力地推开，背脊撞到树干，有更多的花瓣落下来，似乎落雨，她看不到近在咫尺的晏怀先。

背后隐隐作痛，她刚想站直，却发现晏怀先在不知不觉中已经就在眼前，她还来不及推开，他已经伸手挡在她的头顶。

她不明所以，直到看到有一截儿枝条从她身边落到地上。

他的手从她头顶挪开，却来到了她的脸颊，微凉的指腹触到她温热的眼尾，她轻颤，抬眼看他。

晏怀先低垂着眸子，视线的尽头是她的眼尾，她从他清澈透亮的瞳孔里看到他正拈起她眼尾处的一片樱花瓣。

她应该推开他的，就像刚刚往后摔倒时那样。

可这会儿她不知道怎么，仿佛是被人施了定身术，居然一动都动不了，这种不受控的感觉她并不喜欢，可无法抗拒。

晏怀先将那片花瓣拿下，却忽然贴在她如花瓣一样粉嫩的唇上。

指尖隔着薄薄的花瓣与她的唇相触，他有一瞬间的怔愣，而后勾唇，欣赏自己的作品，她的唇比樱花更美。

他被迷了眼，眼里只有那两瓣唇，逐渐靠近，听从他的内心。

她的嘴唇忽然轻启，那片花瓣从她的唇上落下，与地上的无数花瓣融在了一起，再也找不出来。

她将手里的笔袋往上挪，挡住唇，轻声："你过分了。"而后伸手，用手指隔空点着他的胸膛，让自己站在离他一臂的距离。

晏怀先抬眸，视线终于从她的唇移到她的眼，可她垂着眸子，他看不到她的真实情绪。

"嗯。"

"道歉。"她说。

"为了什么？"

"你说呢？"

"我不清楚。"

温毓终于抬眼，晏怀先的唇边噙着一缕不怀好意的笑，原来面无表情的晏怀先也会有这种表情。

"好玩？"

"嗯。"

"可是我并不想陪你玩。"她要走。

"那你想玩什么？"晏怀先挡在她面前，"离开 H 中，来到明扬，你想玩什么？那个理由，是什么？"

"我想我们并没有熟到说这些的地步。"

晏怀先又笑了下："是吗？"

真是一个让人讨厌的微笑，温毓想："是。"

"我想，不久的将来，你应该就会收回这句话。"

温毓并没有回答，轻飘飘地挪开了眼神，大步走开。

晏怀先看着她离开的背影，微微挑眉，忽然觉得父亲给他安排的那么多事情中，最不让他觉得厌恶的，大概出现了。

他想迈步离开，眼角余光忽然发现地上的一支笔，他从层层叠叠的花瓣中将笔捡起来,随手放在口袋里。

考数学的时候温毓才发现自己的笔不见了,往常她都会再备一支,这次笔袋里却偏偏一支笔都找不出来。

马上就要打响考试铃声,她刚想同监考老师说明,桌上却忽然出现一支笔。

是晏怀先递过来的。

温毓转头看他一眼,他把自己的笔给她,他桌上的笔却是她的,她一眼就认出来了。

她不免蹙眉,起身,走到教室后将那支笔直接扔进垃圾桶,而后到讲台上同监考老师说明情况。

她拿了一支笔回来,晏怀先并没有什么别的反应。

她只当他是闲得无聊。

考试结束之后正好是周末,周六温毓同宋寄安去医院看了宋爷爷,宋爷爷难得清醒,居然还同她们说了几句话。

宋寄安还要陪宋爷爷,便只将温毓送到医院门口:"我爷爷那么喜欢你,我都要嫉妒啦!"

温毓忍不住揉揉她的头发,失笑。

离开医院,温毓无处可去,可她更不想回到那个冷冰冰的所谓的家,坐上车,莫叔问她去哪里。

她打开窗户,看着热热闹闹的街道。是啊,她能去哪里?

她收回视线:"莫叔,能带我转两圈吗?"

莫叔就真的带她在J市转了两圈,直到天色变暗,车子才停到温家门口。

温毓走进大厅,如以往一样,目不斜视想要上楼,只是她的身影才堪堪出现就被温历叫住："温毓，过来。"

温毓的脚步一顿，头都没回："我去医院看宋爷爷，莫叔送我过去，我已经同你报告过，还有什么需要报告的吗？"

"你……"温历似乎被她气到，"有客人在，你就这副态度？"

客人？什么客人？

温毓终于转过身去，一眼就看到了在沙发上坐得笔挺的晏怀先。

到哪里都有他，温毓有些头痛。

"还不快过来？"温历皱着眉，"手机是摆设？为什么不接电话？"

温毓在去看望宋爷爷的时候便将手机关了静音，后来也没想过设置回来，只是如果真的要找她，温历难道就不会找莫叔？

晏怀先笑得温文尔雅："温叔叔别生气，我说了可以等温毓回来，反正也不是什么重要的事情。"

温毓轻呵一声。

"还不带客人去楼上坐坐？"

温毓无言以对，温历越来越心急，居然已经不顾男女大防，只是她却不能不顾，她带着他上楼，去了阳台。

阳台是她布置的，养了花草放了茶几和一双摇椅，正好面对着温家的后花园，她无事的时候便喜欢过来坐坐。

温毓给他倒一杯茶："有何贵干？"

晏怀先从口袋里拿出一支笔，放在桌上移过去："物归原主。"

"呵……"温毓笑一声，"果然不是什么重要的事情。"

她将笔拿起来，在指尖转了两圈，而后以完美的抛物线扔进了后花园的草堆中。

晏怀先只是静静地看着她。

她拍拍手上并不存在的灰尘："不走？"

"你很想我走？"晏怀先慢条斯理地喝了一口茶，"那我就再多坐一会儿，想必温叔叔应该也会很乐见其成的，你说呢？"

"那你慢慢坐。"温毓说，"需要我把他叫来陪陪你吗？"

她转身欲走，身后却传来晏怀先不紧不慢的声音："顾璇……"

温毓的身体蓦地一僵，一步都动不了。

他怎么会忽略她这么重要的反应："是她？你去明扬的理由。"

温毓笑一声，声音从喉间发出："晏怀先，我说过，我想做的事情做完了就会离开明扬，从此不会再和你有任何关系，你可以省省你那没有用的好奇心。"

"我的好奇心，不是什么时候都有的。"晏怀先的声音不知道什么时候已经那么近，就在她的身后。

"是吗？那我真是荣幸。"

"你的确应该觉得荣幸。"晏怀先又往前走一步，胸膛刚刚好贴近她的背脊，感觉她想要逃，他抬手压在她的肩膀上，用了力气，让她逃不了，"温毓，这是你的荣幸。"

"不是每个人都求之不得。"温毓不是傻子。

晏怀先不知道将什么东西插在了她的头发里，在她反应过来之前，他已经又拍了拍她的脑袋："我再待下去，温叔叔大概就真的会想什么不该想的了。"

他从她面前缓步离开，高高的身形一点一点消失在她的眼前，她往头上一摸，放到眼前，是一支笔，和刚刚被她扔进草堆的笔一模一样。

她看到了笔盖上的一点点磨痕，这才是她的那一支。

她蓦地收紧拳头，想扔，又收回了手。

晏怀先走后，温历又念叨了她几句，当然不会亲自上楼找她，是在晚饭的时候说的:"温家的家教你学到哪里去?客人走的时候都不用去送?"

温毓只是淡淡地回一句:"温家有家教吗?"

"你!"

好在温岫调解:"感情这种事情怎么可能这么快就有眉目,好在晏怀先对阿毓也不是没有心,居然能在这里等上半天。"

温历哼一声:"你不知道城里有多少人想和晏家结亲,连原本并不争的宋家,听说都……"

温毓低垂着眼睛,不再回嘴,就当自己什么都没听到。

回房间的时候温岫追上来:"父亲是太急了,阿毓,你别往心里去。不过他说的也是实话,宋家原本无心和晏家攀亲,最近不知道是不是宋家老爷子重病的关系,居然也……"

"不是每个人都求之不得的。"温毓又说了这句话。

她回身看向温岫,温岫的表情有一瞬间的怔愣,她继续说:"大哥,你能做到的事情,不代表我也可以做到。"

温岫笑了笑,拍了拍她的肩膀:"因为你还小,等再大点就明白了,回去休息吧。"

不,有些事情等长大点,就更不明白了。

周一,期中考试的成绩便出来了,温毓甚至不用去看就有人来向她报告。

"小毓毓,你好厉害!第一呢!"除了易文钦还有谁?

而一向每门都考七十七的晏怀先,这次的考试成绩却有些让人摸不着头脑,每一门都不一样,有高有低,根本没有规律。

宋寄安早就把他的成绩抄了下来,在白纸上进行排列组合,好像是在解一道格外困难的数学题:"阿毓,你数学好,这些数字有什么问题嘛？"

温毓随便瞥一眼："如果你用这点心思去学数学，应该也不至于刚刚及格吧？"

宋寄安呜咽："不要这么打击我嘛！"

温毓虽然只是瞥了一眼，却也看进了心里，这些数字的确一点关系都没有，如果照晏怀先以前每门都刻意考七十七分的规律来看，晏怀先对考试有极强的掌控力，那么这次，为什么没有继续下去？如果只是因为估算不准，不可能出现这么大的浮动，当然还有一种可能，他喜欢。

宋寄安将这些数字一个个加起来，嘴里喃喃着："总不会要加起来吧？"在总分出来之后，宋寄安手下的笔无意识地在白纸上划下了一道长长的线。

温毓没有听到宋寄安说话，下意识地侧头看一眼，瞬间就看到了那三个硕大的数字。

520。

是晏怀先的总分。

温毓微微一怔，回过神来，将视线移开。

宋寄安低声说道："520，520……阿毓，你的生日不就是五月二十日吗？"

温毓身份证上的生日的确是五月二十日，只是那天不是她真正的生日，那只是温历将她从孤儿院带回温家的日子，她真正的生日？无人知晓。温毓浅浅出声："你这样认为？"

宋寄安忽然笑出声来，一把将白纸揉成了一团："怎么可能，他大概只是觉得好玩才随便考的吧，我真的是太无聊了，对不对阿毓？"

温毓叹了一声，抬手摸摸她的脑袋，并没有多说。

宋寄安扯扯嘴，眼睛微微垂下，笑容分明不及眼底。

第三章 这个世界，生而不平等

　　阳光正好，四月底的天已经很暖，温毓身上那件厚厚的灰色西装校服已经换成了简单的白色衬衫，领口的扣子一丝不苟地扣好，露出修长的脖颈，脖颈往上是一张没什么表情的淡漠的脸。

　　温毓坐在树下，低着头看放在腿上的画纸，黑色长发扎了起来，依旧有些碎发贴在脸边，她轻轻捋开，而后有一笔没一笔地画着。

　　这是在明扬的美术课上，美术老师郁墨今天让她们来到教室外画画，画明扬的一角。

　　温毓对画画不算喜欢，但还算擅长，没一会儿就画得差不多，她撑着下巴放空一会儿，神智回来之后一眼就看到了坐在角落的郁墨。

　　郁墨很安静也很美丽，坐在那里就像是一幅画，简简单单的白衬衫黑色长裤将她的身材衬得更好，只是眉心一直蹙着，仿佛总有什么事情惹她烦忧。

　　温毓刚想收回视线，郁墨却恰好侧过头来，看到她，眉心依旧蹙着，唇角却浅浅地扬起，走到她身边轻声说道："画好了吗？温毓，你很有天赋。"

　　温毓不知怎的，就出声："你有烦恼。"

　　郁墨一愣，而后笑："难道你没有？"

温毓似乎觉得自己多言,不再说话,默默地垂下了头。

"这里。"郁墨低声说,"这笔不够顺畅。温毓,每个人都有烦恼,年纪越大烦恼也就越多。"

"你和郁砚不一样。"温毓用橡皮擦擦掉她说的那里,一点一点描画,"很不一样。"

温毓没有抬头,所以没有看到郁墨的表情瞬间呆滞。

"嗯。"郁墨说,"你画得很好,继续加油。"

她走了开去,郁砚正好从别处走过来,仿佛没有见到郁墨一样,从她身边大步走过,笑着来到温毓身边:"温毓,我能看看你画的吗?"

温毓并没有遮掩的意思,递给她看。自从春游之后,温毓对郁砚少了些防备,虽然还不至于全然信任。

郁砚惊呼一声:"画得真好!"她给温毓看自己的画,"我才画了这么点。"

郁砚还要继续画,温毓便起身打算回教室,经过杨从玦和李绪瑶身后的时候下意识停顿了一下步伐。

上次的事件温岫自然查到了原委,不过正如温毓所料,他并没有采取什么措施,他不知道温毓想干什么,但一直都是顺着她的。

而长久的平静反倒让那两人越发胆战心惊,温毓的一言一行都让她们如坐针毡。

这次,她们没看到温毓,不然早就躲开了去。

"我昨天做梦梦到丑八怪了。"李绪瑶撇撇嘴,轻声说,"吓死我了。"

"你怎么会梦到她?"杨从玦冷哼一声,"怎么了?该不会是梦到她向你索命吧?"

"从玦!"李绪瑶推了她一把,像是后怕似的拍拍胸口,"别乱说!"

"该不会是被我说中了吧?"杨从玦笑嘻嘻地放下手中的笔,"她怎么索命的？是不是这样？"她用头发遮住脸，"你害死了我，也和我一起下地狱吧……"

李绪瑶惊叫一声："从玦！你干吗？"

杨从玦哈哈笑着，刚把头发理好，笑容便僵在了脸上，她抱起画册，拉着李绪瑶蓦地起身，甚至不敢和温毓对视就说："瑶瑶，我们走。"

李绪瑶还愣愣的："怎么了？"等回过神看到了温毓的一张冷脸，嘴巴倏地闭紧，一言不发地跟着杨从玦大步跑开了。

等跑远了，李绪瑶喘了口气，声音里还在发抖："吓死我了，她是什么时候站在那里的？跟个鬼一样不声不响的！"

杨从玦哼一声："谁知道她想干什么，明明知道上次是我们干的，却故意什么都不做，大概觉得看我们害怕很好玩吧。"

"从玦……那我们怎么办？"

杨从玦咬咬唇："总有一天我要让她离开明扬！"

温毓缓缓抬头，喉咙里发出一声轻哼。

温毓以身体不舒服为名义请了半天假，中午就从学校离开。

易文钦知道的时候温毓已经走了，他坐在她的座位上自言自语："不舒服？哪里不舒服，早上不是还好好的吗？"

杨从玦就在前面，听到他的嘀咕，嗤笑一声："温毓从来都没把你放在眼里，你那么关心她又有什么用？"

易文钦抬眸，原本的温和化作冷淡，轻轻瞥她一眼："多嘴。"

杨从玦实在是没想到温毓的跟屁虫居然也会反驳她，一愣，忍不住再顶回去："她把你当玩物，想起来就逗弄逗弄，你算什么男人！"

"杨从玦。"易文钦低声开口，"你最好低调一点，之前春游时候阿毓出事，你真的以为无人知晓？"

杨从玦一滞，冷哼一声，心虚："和我有什么关系！"

她迅速转过身，咬咬唇，深吸几口气，这才从抽屉里拿出化妆包，准备去洗手间补妆。

随着化妆包一起掉出来的还有一封莫名其妙的信。

白色的信封，上面一个字都没有，里面是薄薄的信纸，不知道是谁放在她的抽屉里。

杨从玦不知为何心口一跳，迅速蹲下身将那封信捏在手心，而后夹在了书本的扉页。做好这一切，她的手依旧有些颤抖，她咬了咬食指的指节，心跳无论如何都平静不下来。

她想去找李绪瑶一起看这封莫名的信，可上课铃声已经打响，她只能又忍了一节课，老师刚刚走下讲台，她就快步走到李绪瑶身边，拉着她往洗手间走。

李绪瑶有些不解："从玦，怎么了？"

杨从玦却一言不发，到了厕所，两人进了一个隔间，杨从玦这才将捏得有些变形的信摊开在手掌心："瑶瑶，我的抽屉里，有这个。"

"这是什么？"李绪瑶接过去，翻来覆去看一眼，"什么都没有，是不是情书？你不是总收到男生的信吗？"

杨从玦长得漂亮，再加上会打扮自己，尽管有些娇纵任性，喜欢她的男生依旧不少，给她写情书的有，每天给她送牛奶的也有。

杨从玦摇摇头："不知道为什么，我有点心慌。"

李绪瑶眨眨眼睛："你没打开看过？"

杨从玦深吸一口气，将信接过去，终于缓缓打开，里面就一张信纸，对折再对折，一丝不苟。

她慢慢将信纸摊开，一看到上面的字迹她的手便一颤，不受她的控制，信纸从她手中掉下去，轻飘飘落在地上。

杨从玦出声，她知道自己的声音在颤抖："这个字迹，是丑八怪！"

李绪瑶也吓了一跳:"怎么可能!"她匆忙蹲下身捡起来,一看便倒抽一口气。

真的是她的字迹,是顾璇的字迹。

顾璇的字和她的人很不一样,特别漂亮,一笔一画就和打印出来的楷体一样,她们还曾经撕过她的作业,自然知道她特殊的笔迹。

"从玦……"李绪瑶带着哭音,"顾璇不是死了吗?"

杨从玦已经尽量冷静下来:"是啊,她死了!"

信很简单,不过短短一行字。

"晚上八点,教室见。"

李绪瑶不解:"这是什么意思?我们要在教室等吗?"

高一没有晚自习,等到八点,她们这一层的教学楼就没人了。

杨从玦咬牙:"等,我倒要看看这个人在卖什么关子!"

"会是鬼吗?"李绪瑶的牙齿都在打战,"会不会是来报仇的……呜……从玦,我害怕……"

杨从玦拍了下她的肩膀:"瞎说什么,肯定是有人装神弄鬼呢!"说是这样说,她的眼神却有些晃动。她也在害怕,害怕这封莫名其妙的信,害怕晚上八点可能会发生的一切。

越是害怕,时间便过得越快,李绪瑶总觉得才刚刚放学,现在就已经七点五十了。

其实最开始的时候晚上是有穷困的好学生来教室自习的,自从顾璇失踪之后,就没有人敢过来了,毕竟顾璇是晚上一个人在教室自习时失踪的。

所以如今的教室里空空荡荡,安静得只有墙上的时钟发出哒哒哒的声响,杨从玦和李绪瑶坐在一起。

李绪瑶小心出声:"从玦……我们要不走吧?"

"都已经等到现在了！"杨从玦狠狠心，"再等下吧。"

"可是，万一……啊……"头顶上的灯忽然闪了一下，李绪瑶吓得连忙抱住杨从玦，一动都不敢动。

灯再度恢复正常，李绪瑶喘着气想放开杨从玦，没想到灯蓦地灭掉了，教室里没有声音，没有光源，可怕得像是坟墓。

李绪瑶已经连话都说不出来，张嘴就能感受自己浑身的颤抖。

杨从玦竭力保持冷静，拍拍李绪瑶的手："我们先出去吧……"

李绪瑶用力点头，和杨从玦手挽手起身，刚要往教室门口走，却发现原本阖上的门正在缓缓打开。

最初对黑暗的不适应阶段逐渐过去，今夜有月光，教室里的窗帘又没有拉上，她们能清楚地看到教室门打开，一个身着明扬校服的人从门外迅速闪身进来，门再次被阖上，"砰"的一声。

两人感觉自己的心脏也猛跳一下，呼吸瞬间加快，而后下意识地往后退了两步。

她们从不相信鬼神，也不信什么因果报应，可面前出现的这个人，却让她们一句话都说不出来，除了颤抖，还是颤抖。

那人逐渐走近，头发披在脸边，遮住了她的大半张脸，可左边脸上那大片的红色胎记那么明显，那么让人无法忽视，隐藏在发丝间的眼神没了平时的怯懦，眼角上扬，斜睨过来，神色里满满都是鄙夷不屑和怨怒。

是顾璇，却又不像是顾璇。

像是经过地狱业火灼烧过后，脱胎换骨的她。

让人颤抖，让人恐惧，让人浑身的每一个细胞都好像叫嚣着要逃跑。

"顾，顾璇……"杨从玦将手撑在身后的桌子上，"你是人是鬼？"

这话说出来，她便觉得太蠢，可已经无法收回。

果然，来者冷哼一声："我是人是鬼，难道你们不清楚？"

李绪瑶已经吓得神志不清："我们还不想死，那么多人欺负你，你去找他们好了，别来找我们，又不是我们把你从楼上推下去的……"

"顾璇"朝她们走近的步伐一顿："是吗？可是我只记得你们……"

"真的不是我们，和我们一点关系都没有，我们和你又没有深仇大恨……"

"没有深仇大恨？"她冷笑一声，"那为什么只来欺负我？因为我好欺负吗？因为我长得丑吗？"

她越走越近，那张脸和顾璇一模一样，她变成了恶鬼来索命！

她们没有任何怀疑，那完全一样的脸庞和五官，让她们无法怀疑。

杨从玦咬咬唇："我们只是欺负你而已！找我们有什么用，又不是我们杀的你！你不是，不是自杀的吗……"

"她们都以为我失踪了，你们怎么知道……"

自知失言，两人都有些沉默。

还是李绪瑶忍不住先说话："我们也是听人说的，听说有人看到那天你从楼顶摔下来了，后来没有看到尸……尸体，难道不是学校处理了吗？你别杀我们，那么多人欺负你，你……你……"

"顾璇"猛地走到杨从玦面前，伸手抓住她的衣襟，靠近："我的死，你们难道没有责任？"

杨从玦一直佯装的镇定顿时不复存在，吓得翻了个白眼，晕了过去。

李绪瑶腿软坐在地上，一点点往后躲："不要杀我，不要杀我，那次酒吧的事情是我们错了，我……我道歉，我错了，你别过来，啊，你别过来……"

酒吧的事情顾璇从来不曾和任何人提及，甚至连她最珍视的日记里都没留下只言片语，因为那是她最无法言说的痛，她只是想要忘记，忘得一干二净。

顾璇家里太贫困,如果不是明扬愿意免学费并且给奖学金,成绩优异的她最高学历也只能到初中,因为她的养父绝对没有钱,也不会给钱让她去上学,所以尽管被所有人欺负,她也从来都不敢说一句话,她怕被赶出去。

她同样也知道,如果她自己没有钱,那么她的最高学历只会到高中,可她想要读大学。她要存钱,至少要存够她大一的学费和生活费,这样父亲才会无话可说。

她不过一个高中生,又没有一张漂亮的脸蛋,赚钱的手段太有限,她最近做的最赚钱的一个工作就是晚上去酒吧打扫卫生。

她脸上虽然有胎记,但清洁工会用口罩把半张脸都遮起来,再加上她手脚麻利,原本经理不收她的,后来她苦苦哀求,也就应下来了。

去酒吧的大多数是有钱人,所以酒吧的卫生要求格外高,顾璇的主要任务就是清扫洗手间。看着比她家大了不知道多少倍,干净不知道多少倍的洗手间,她苦笑一声,有时候,这个世界就是这样的,生而不平等。

洗手间没有人,顾璇看着干净敞亮的镜子,忍不住偷偷将口罩摘了下来,她用手遮住左边脸,她知道她的右边脸很好看,因为那个自称是她姐姐的温毓长得很漂亮,有着和她一样的右脸。

她刚想把口罩戴上,洗手间门口忽然走进两个人,她还没来得及背过身去,熟悉的声音已经传来:"从玦,我们要不回去吧?我有点累了。"

"我还没喝够呢,你……"她的话忽然顿住,唇边露出一个笑容,像是找到玩物,"你看,我在这里看到谁了?哎哟,这不是我们班的丑八怪吗?"

李绪瑶回过神:"这么巧,丑八怪居然也来酒吧玩?"

顾璇往后退退,连忙把口罩戴起来:"我,我是来工作的,你们玩,我先出去了。"

杨从玦一把抓住顾璇的手腕："这么着急走干什么？好歹我们也同学一场，带你出去玩玩怎么样？"

两人一左一右，抓着顾璇就把她往酒吧里带。顾璇想挣脱，可根本挣脱不开，她就穿着一身清洁工的衣服，戴着白色的口罩，被带到了那群上流社会才会在的酒吧大厅。

她害怕，她惶恐，可是她逃不了，无论如何都逃不了。

明明穿着衣服，她却像是被剥光了扔在人群中，想哭，却没有眼泪。

那么多人对她指指点点，杨从玦笑嘻嘻地将她的口罩摘下来："看，这可是我们班的班花哦，是不是特别美！"

顾璇听不到他们的声音，耳边嗡嗡嗡的，她感觉自己的脑袋都快要爆炸。

她不知道自己是怎么被推到地上，似乎有人说想看她身上是不是也有这么大的胎记，有人在脱她的衣服，可她没办法挣扎。

她被扒光了衣服，就这样躺在酒吧的正中央，那群所谓的上流社会就围着她看。

"没想到她身上居然没有胎记。"

"不看脸身材还不错，白白嫩嫩的。"

"怎么，你想要？脸遮住了不都一样？"

"我什么时候这么不挑剔？"

"也是，哈哈哈！"

她的话题很快就被说厌。

她颤抖着将自己的衣服一件一件拢到身边，一件一件穿上，匆忙逃出去的时候似乎还看到了杨从玦和李绪瑶的嘲笑。

忍气吞声，已经成了她的习惯。

屈辱？那不会让人死亡。

身后的教室依旧漆黑一片，依旧没有任何声音，她迎着风走，长发被风往身后吹，露出那可怖的左脸。她双眼沉静，嘴唇紧抿，没有任何表情，只有握成拳的手让人看出她的情绪。

她满怀怒意。

她转身，下楼梯，却差点和上楼的晏怀先撞上。

"顾璇？"他出声。

她没理他，要从他身边走过。

他不过停顿一秒就回身追上，抓住她的胳膊，用力："温毓。"

温毓步伐一顿，并没有和他解释的任何想法。

晏怀先也并没有让温毓解释，拉着她的胳膊几乎是将她拽上了顶层天台。

温毓被他拽得很疼，手臂红了一块，只是依旧一声不吭，默默地站在原地不动弹。

晏怀先背对着她，许久才转过身去看她。

"这就是你来明扬的理由？"

她依旧沉默不语，可低垂着脸的样子，和顾璇该死的一模一样。

晏怀先对班里的同学从来没有什么特别多的关注，能把人脸和名字对起来已经很看得起对方，所以对于顾璇，他唯一的印象也不过就是有胎记，何曾仔细看过她的脸。

可现在温毓站在他面前，并不是只有那块红色胎记，就连眉眼脸形也没有半分区别。

"温毓。"他叫她的名字，有些沉不住气。

温毓终于抬眸，用她特有的淡淡的眼神看他："或许你也可以解释一下，为什么这个时间，你会在这里？"

晏怀先有那么一瞬间的不自在。

他不会和温毓说，是因为她请假回家，他让人去查探她的情况，却发现她在大晚上回到了学校。

他不知道她这么晚来学校干什么，只是忍不住自己也想过来的欲望。他只说："我有东西落在教室。"

"你的助理该被辞退了。"她冷笑一声，"你不去拿东西？"

他知道被她看穿，也并没有慌乱，也没有解释的意思。"你和顾璇是什么关系？姐妹？"他顿了顿，"温家只有你一个女儿。"

"没想到你对温家的家事那么关心。"温毓冷声，"这和你没有关系。"

"你们是双胞胎。"他说，"你想知道什么？找她的下落？听说她自杀身亡，你还想找什么？为了她，你打破自己的诺言，她对你那么重要？"

他步步紧逼，温毓终于忍不住："是，我们是双胞胎，她生不见人，死不见尸，我难道不该找？她以前没有人关心，可现在不一样，她有我，我们是姐妹，我们是亲人，她对我很重要，这样的答案，请问你是否满意？如果满意，我想我应该可以离开了。"

晏怀先挡住她的去路："我帮你。"

温毓一怔，而后毫不犹豫地拒绝："我不信你。"那么干脆利落。

晏怀先耸肩："是吗？原来我那么不值得被信任。"

"你才知道？"她不再理他，转身大步离开。

他步子迈得大，很快就走到她身前，留下一句："我送你。"

温毓并不想和晏怀先扯上更多的关系，并不考虑他的意见，只是她忽视了男人的力气，走到车边的时候，他不过稍微用了点力，便抓着她的肩膀将她送进了车，他随之坐进去，车子如一个精美的牢笼，她无法逃脱。

既来之则安之，她安安稳稳地坐着，眯着眼睛不说话。

忽然感觉一股灼热的视线，她轻轻皱眉，一睁眼便看到了晏怀先那张凑得格外近的脸。

重新闭上眼睛，她懒懒地开口："晏怀先，你的一切行为都让我觉得……"

"觉得什么？"他低声说话，声音里竟然隐约带着笑意。

温毓不确定自己有没有听错，只是说："觉得你太多管闲事。我从来不知道你的好奇心这么重。"

"你为什么不想一想，我的好奇心只有在面对你的时候才有呢？"

温毓睁开眼睛，对上他同样清澈的眼眸："我并不认为这个笑话很好笑。"

"是吗？我倒是觉得挺好笑的。"他笑了两声，随后瞬间收住，"你和她，真的长得一模一样？"

他忽然转变话题，她倒是有些不适应，只是同样是她不喜欢的话题："你没长眼睛？"

她这样冷淡，他也没有生气，眼神在她的脸上逡巡，并没有别的意味，只是看着："你以为我看谁都会这么认真？"

她刚想说话，他却忽然抬起手，将她右脸侧的头发一点点捋起，夹在耳朵后面，露出她漂亮的右脸来。

她的脸部线条很柔和很漂亮，眼睛不大，可是很亮，睫毛虽然又长又翘，像是芭比娃娃，只是芭比娃娃不会有这么冷淡的表情。

如果顾璇和她真的长得一样，那真是可惜了这么漂亮的脸。

晏怀先不知什么时候捧住了她的脸颊，她的脸很小，他半只手就能捧住，脸带着凉意，仿佛寒冰，碰到便无法放手。

温毓并没有推开他，只是冷声道："摸够了吗？"

"如果我说不够……"

话音未落，她已经握住他的手腕，强行让他离开自己的脸："你的嗜好似乎有些变态。"

晏怀先笑了一下没有反驳，忽然再次仔仔细细看她的脸，而后说："我不会认错，不会把你和她认错。"

"是吗？"

"你们其实长得不一样。"

温毓这次连声音都不想出了。

晏怀先的车在美容院外停下，温毓径直下车，帮她卸妆的就是刚刚给她化妆的化妆师，和她搭话："你们在玩变装 Party？现在又没到万圣节。"

温毓不说话，晏怀先在一旁看着，出声："是，只是她把别人吓到了。"

温毓没有反驳，毕竟是实话，教室里那两个晕倒的人还不知道怎么样了，不过不管怎么样也和她没有关系，心虚才会被吓到，她们罪有应得。

从美容院出来，晏怀先直接送她回家，在她家门口的时候还好心问一句："要不要送你进家门？"

温毓头都没回："你的车出现在这里已经够让温历放过我了。"

"那你就不用谢我？"

她终于停住步伐，回头看他一眼，眼里没什么特别的情绪。

"谢谢你。"

看着她终于消失在眼前，晏怀先摇头失笑，将车窗关上，眯眼靠着："回去。"

晏怀先倒是没想到会在家里遇到父亲。晏司戎通常一整天都在公司，或者各地各国出差，在家里的时间数都数得出来。

晏司戎将晏怀先叫进书房。

"听说你最近和温家那丫头走得很近？"

"难道这不是你想看到的？"

"我以为你并不会听我的话。"

"我只是在做我自己想做的事情而已。"晏怀先低头玩了一下手指，"还有事吗？"

"不用和温家的丫头走那么近，还没有定下温家。"晏司戎说，"宋家原本是无意的，只是最近老头子重病，宋家要换当家人，倒是可以考虑。"

晏怀先终于抬头："我未来的妻子，我连选择的权利都没有？"

"什么意思？"

"如果不是温家，我不合作！"他说。

"你！温毓那丫头……"

"对，如果不是温毓，别人，我不接受。"他懒洋洋地说，"没有什么事我就先……"

"你就这么有恃无恐？"晏司戎猛地起身，有些不悦。

"嗯。"晏怀先十分淡然，"你没有私生子，现在再生一个你以为他能和晏司武对抗？除了我，你别无选择，所以我们之前是交易，并不是单方面的命令。"

他不顾身后晏司戎的不满，转身出去，打开书房门就看到一个中年美女战战兢兢地站在门口："阿先，你又和你父亲吵架了？"

"怎么？在想自己会不会分到多一点遗产？"晏怀先冷笑一声，"阿姨？哦，不对，后妈。"

看着她的脸色瞬变，晏怀先勾了勾唇，大步走开，一点想要应付的想法都没有。

温毓并没有睡好，脑中充斥了乱七八糟的想法。

她睡不着，也不想睡。

杨从玦和李绪瑶和顾璇的失踪并没有关系，至少没有直接关系。

她早该想到，只是之前关心则乱，居然还是忍不住试探，不过这次试探也不算完全没结果，至少她又知道了一些顾璇的事情，那些残忍往事中的一件。

自责悔恨已经无法形容她的所有心情，温毓恨不得代替她，恨不得经历那些事情的是她自己。

她无法想象被当众扒光衣服的顾璇是什么心情，是否也曾有一刻想不顾一切，放弃自我。

她紧紧地咬住食指的指节，口腔里有些腥甜的味道，她却一丁点都不觉得疼。

顾璇那时，比她疼得更多吧。

杨从玦和李绪瑶第二天都没有来学校，据说发了高烧，在家里休养了两天才重新返校，脸色依旧苍白。

温毓自觉没有将她们扒光已经留在教室已经够给她们脸面，有什么好值得愧疚？

冬日的严寒早就消失得无影无踪，已经到了五月下旬，马上便是夏天，温毓在明扬的第一个学期也很快就要结束。

五月二十日是温毓的"生日"。

对于这个莫须有的生日，温家从来都不重视，只有温岫会在那天送上一件礼物，祝她又长大一岁。

今年的生日，温历却意外办得格外盛大。

温家有一艘游轮，往常只会在温家办重要宴会的时候才会派上用场，这次温历连游轮都拿出来，给温毓办了一个格外奢华的生日Party。

温毓比谁都清楚这次生日宴会的主角,并不是她,而是温历请来的晏怀先。

你看,那么可笑,又那么情理之中。

除了宋寄安之外,温毓并没有可以招待的朋友,温历想得十分周全,直接让人将明扬高中高一(1)班的所有同学都请了。

温毓知道的时候已经为时已晚,连杨从玦和李绪瑶都受到了邀请,她好不容易才忍住了以不去参加来表示不满。

五月二十日,温毓站在这件温历让人给她准备的礼服面前没有动作。

她的礼服大多是黑色,这件却是纯白色的,蕾丝的蓬蓬裙,裙摆上手中镶嵌了无数钻石,她在莫姨的帮助下试穿过一次,走动的时候她觉得自己仿佛浑身缠满了电灯泡,讨厌透顶。

她刚想从衣橱拿她喜欢的黑色小礼服,莫姨已经敲门进来:"哎哟我的小小姐,你怎么还没换衣服呀?这已经要出门了呢,快,莫姨来帮你,这衣服穿着可像小公主了!我们小小姐啊,本来就是温家的公主。"

温家的公主?

呵……明明就是温家的奴隶。

温毓长长呼出一口气,到底还是在莫姨的帮助下换上了礼服。

莫姨倒是很喜欢:"我们小小姐真是太漂亮了,和之前大小姐……"她忽然噤声,谄笑两声,"快走吧,老爷和少爷都在等着呢。"

脚上是同款的水晶鞋,高高的跟她却如履平地,一头黑色的长直发卷了卷,头顶甚至还被戴上一个闪烁的钻石皇冠,她一步一步地从楼梯而下。

温历和温岫就站在客厅。

听到声音,温历忍不住抱怨:"几点了?宴会马上就要……"

他仰头,看到温毓的模样,忽然什么话都说不出来,有那么一瞬间的恍惚，好一会儿之后才轻咳一声："怎么这么久？"

温岫已经大步上前，伸出自己的手臂，脸上是格外绅士的笑容："我的小公主，我们走吧。"

温毓和温岫兄妹一起出现在宴会上，顿时成为所有人的焦点。

既然是生日宴会，自然少不了许愿吹蜡烛切蛋糕的环节，温毓不信鬼神，却忍不住双手在胸前握成拳，默念自己的愿望，而后格外虔诚地吹灭了这个特制的十六层蛋糕顶端的蜡烛。

宋寄安跑过来，瞪大了眼睛叫："阿毓，你今天真的好像芭比娃娃！"

易文钦在旁边补充："明明是白雪公主！"

"芭比娃娃！"

"白雪公主！"

眼看着两人又要吵起来，温毓叹一声："OK，芭比娃娃、白雪公主都可以，你们不去吃东西吗？"

宋寄安拉着她："我们一起去！"

到现在为止，温毓还没有看到晏怀先的身影，她不知为何有些开心，大概觉得让温历得不偿失是一件很值得庆祝的事情吧。

杨从玦和李绪瑶都来了，大概都不是自愿，她们的父母和温家也算是合作伙伴，一起过来了不可能让孩子落下，所以两人只是随意对她说了句生日快乐就走开了。

游轮已经离开港口，温毓不得不和温历一起在众人面前露脸，笑容都快要僵硬，最后温历带着他来到一个中年男子面前，介绍："这是晏先生，晏怀先的叔叔，也是明扬的董事，阿毓，你也叫叔叔。"

"晏叔叔。"温毓微微点头。

晏司武笑了笑："温毓吧，阿先刚刚走开，应该马上就回来了。"

话音刚落，身后已经传来晏怀先熟悉的声音："温叔叔。"

温历的脸上瞬间露出笑容,招呼:"怀先,怎么样?吃得喜不喜欢?要是不喜欢,我和厨房说,让他们重做。"

"吃得很好,温叔叔多虑了。"

温毓淡淡瞥他一眼,脸上的笑容无论如何都装不下去,还以为能让温历得不偿失,到底还是让他得逞了。

温历点了点头:"你们小孩子自己去玩吧,和我们大概没什么话可聊。"

温毓终于被放行,身边却多了一个人。她离开人群来到船尾,那边清静不少,她靠在栏杆上,看着月光洒满海面,泛着粼粼波光。

夜晚的海风到底有些凉意,她打了个寒噤,肩膀上已经被盖上一件带着温度的西装。

她回头去看,晏怀先挑着眉眼说:"穿得像个白雪公主,表情却像恶毒皇后,你的 Cosplay 一点都不合格。"

她想把他的衣服拿下来,他的双手已经覆在她的双肩:"我的衣服不是毒苹果。"

温毓便没有再管,继续看向海面,深深吸一口气,浑身都仿佛感受到了迎面而来的咸味。其实她并不喜欢海,毕竟让一个不怎么会游泳的人去喜欢海,稍微有些难度。

眼前有什么东西闪过,锁骨处陡然一凉,她低头去看,是项链垂下来,他以迅雷不及掩耳之势扣住,而后低声在她耳边说:"生日礼物,满意吗?"

项链坠着一个戒指,戒指周边镶满了钻,和她的裙子一样闪,她抬头看他。

"怎么,不满意?"

温毓点头,毫不犹豫:"这种闪闪亮亮的东西,难道不是幼稚的小

女生才会喜欢的吗？"

"你忘了你也是小女生？"

"你是说我很幼稚？"

"有时候的确倔强得很幼稚。"晏怀先耸肩。

她将伸手到脖颈后，几下就将项链解下，放在手里递出去："今天不是我的生日。"

晏怀先终于正色看她，沉默两秒，说："那你的生日……"

"先把东西收回去。"温毓不愿意再说下去。

晏怀先便也没有再问，只是东西收回去之后重新替她戴在了脖间："只是因为很配你今天的装扮，而且你也需要向你父亲交差，难道不是这样？"

戒指传来的凉意让她格外清醒，所以也认可他说的每一句话，想了想，到底没有拒绝，尽管她并不喜欢他这个所谓的礼物。

温毓放在手袋里的手机忽然振动，她拿出来看，是温岫打来的电话，马上就要放烟花，她是主角，自然要到场。

她将手机放回去，往船头而去，身后跟着晏怀先的脚步声，居然让人觉得安心。

温毓来到人多处，一眼就看到了正在四处找她的宋寄安，下意识地想要快走一步，与身后的晏怀先保持距离。

可晏怀先不知道什么时候居然已经紧贴着她站着，他甚至微微俯下身，在她的耳边说："你看到你父亲的表情了吗？"

温毓直接往前跨一步，将身上披着的西装扔给晏怀先，而后大步走向宋寄安："你是不是找我很久？"

宋寄安的表情有些僵硬，好不容易才挤出一个笑来："嗯，马上就要放烟花了，我想和你一起看，刚刚易文钦也找了你很久，我们过去吧。"

晏怀先并没有跟上去，低头看了眼被她随手丢弃的西装，忍不住轻轻一笑，抬首正好看到宋寄安回过头来，满眼的不舍和难过。

他移开眼神，似乎什么都没有看到。

巨大的烟花在海面漆黑的天空中炸开。

温毓和众人一样，微微仰着头。

五岁之后，她看过许许多多和这一样璀璨的烟花，可所有的所有都比不上在孤儿院的时候看过的那一场。

那是年关，她正好生病，没能去看孤儿院统一放的一场烟花，她到底年纪小，有些不开心，没想到顾璇居然偷偷拉着她跑到院子里，从角落里找出一个她方才藏起来的小烟花棒放给她看。

璀璨银花里顾璇的脸有些模糊，却格外漂亮，她在笑："漂亮吗？"

她那时含着眼泪摇头，不漂亮，一点都不漂亮。

其实她说谎了，那是这辈子她见过最美的一场烟花。

温毓的眼睛有些模糊，垂下头来，转身从宋寄安身边走开，来到角落，轻轻用手指按压眼角，有些许的湿意。

她再抬起头来，刚想走回去，忽然看到一个黑影从转弯处消失，不知道为什么，那个黑影竟和冬日里她仰头看向教学楼天台，看到的那个身影的感觉那样相似。

温毓浑身一凛，顾不得其他，急忙快步跟了上去。

那个黑影却突然凭空消失，她小心翼翼地在走廊上走，隐约听到某个房间里传来说话的声响，声音有些熟悉。

她循着声音过去，只是还没找到，嘴却被人用手帕紧紧捂住，她什么声音都发不出来，只能被迫随着身后那人移动。

小腹处一阵疼，她被压在了铁质的栏杆上，上半身往前微仰，嘴巴依旧被人捂着，她无法转头，看不到背后是什么人，只隐约知道那是一个高壮的男人。

眼角余光看到一个人影似乎往这边走来,她呜咽出声,眼见着那人越来越近,她只觉整个人翻转过来,没有着力点,冰冷的海水忽然从四面八方袭来。

她居然还能抬头往上看,探头出来看的黑影不是教室天台的那个,她挣扎着想要从海水中浮起来,可越是挣扎,人越是沉下去,她恨透今天穿的这条格外累赘的公主裙。

是谁,究竟是谁,那个黑影是谁,将她推下去的人又是谁?

海水咸涩,温毓吞了好几口,满嘴的涩意,眼睛睁不开,鼻尖酸涩,有些委屈也有些懊恼,可意识已经逐渐脱离,恍惚中似乎有人撑住她的胳膊,她双眼微睁,有一张熟悉的脸逐渐靠近,她仿佛从他的眼中看到自己,他的脸颊贴上自己的,鼻尖碰到自己的……

晏怀先……

她无声地在心中轻叹,又是他啊。

冷,温毓唯一感知到的就是冷,就像是上次在冷冻车里一般,浑身僵硬,四肢无法动弹,她想呼喊,可她发不出声音来。

僵冷的脸颊忽然传来一股热意,她仿佛鱼儿见到水,不顾一切地贴过去。

温毓。

温毓。

温毓。

有人在叫她。

在她的耳边叫她。

她蓦地睁开眼睛,有些没能反应过来身在何处,入水前的最后记忆涌入脑海,她也不知道哪里来的力气,居然直接坐了起来。

"温毓。"那个在她梦中一直叫她的声音再度传来。

她转头去看,果然,她在恍惚间看到的并不是虚幻,是晏怀先,那个救她的人,是晏怀先。

她四处环顾一下,原本以为会在医院,没想到居然是一个破旧的茅草房。

屋顶是茅草搭成,也不知道下雨的时候会不会有水渗下来,墙壁没有粉刷,砖块有些泛旧,是浅浅的红棕色,墙上盯着钉子,挂着褪色破洞的渔网和长长的塑胶手套,角落里有塑胶套鞋和烧水的煤炉,泛灰的四方桌上还有一个陶瓷杯子,又乱又旧。

"这里……"她出声,声音有些许的喑哑。

晏怀先如此高高在上,坐在灰白的长凳上居然也没有一点不悦的模样:"大概是渔夫的落脚处。"

"为什么……"

"没有手机,没有电话,我不可能抱着昏迷的你走那么远的路找到活人。"

现在大概已经很晚,他们应该只能在这里待上一夜,明天才能离开了。温毓抚额,有些懊恼,居然要和晏怀先在这么狭窄的房子里待一整夜。

"你那嫌弃的眼神太明显。"晏怀先轻哼,"你就这么对你的救命恩人?"

温毓设身处地,她入水之后身上那件格外重的礼服也全都浸湿,他拖着这样的她到岸边,还要拖着这样的她找到这处容身之地,的确不是什么简单的事情。

她咬唇,低声:"谢谢。"

话音刚落,她忽然惊叫:"我的衣服呢?"

她被裹在被子里,刚刚也一直没发现,这会儿低下头来,这才发现身上除了贴身衣物之外,那件她并不喜欢的礼服不知道去了哪里,四处

找一下，才在床下看到，别人眼中漂亮无比的礼服如今被堆成一团，看不出原状。

"晏怀先！"温毓头一次没能控制住自己的情绪，惊叫出声。

晏怀先倒是一脸堂堂正正："如果你想感冒，我无话可说。"

温毓咬咬唇，明知道他的每一句话都没错，可就是忍不住心里头的那一把火。

她正垂头生闷气，一直温热的手忽然搭在她的额头。

她下意识地想拍开，他已经说话："没有热度，你应该庆幸。"

温毓不说话，别开脸并不看他。

房子太过破旧，以至于海风会从空隙处席卷而来，即使她裹着被子也难以抵挡严寒，更何况晏怀先依旧穿着那身湿透的衣服。

温毓不是不知道，只是她能如何？房子里并没有任何可以替换的衣物，唯一可以抵挡寒冷的，只有她裹在身上的这一床薄薄的且看起来并不那么干净的被子。

温毓自认狠心，可此时却忍不住偷觑。

晏怀先站了起来，正在摆弄那个煤炉，显然他没有接触过，摆弄了一会儿之后就放弃，打算重新坐回来。

温毓将腿弯起，环抱着腿，薄被盖在身上，她咬着牙，还没反应过来，声音已经出来："你……要不要过来？"

晏怀先步伐一顿，抬眸看去。

温毓依旧低着头，下巴快要碰到她的胸口，没有朝他看一眼，可他知道刚刚那个细小的声音是她发出来的。

他的确很冷，却依旧背对着她坐在了床边。

温毓偷偷看过去，他的背影已经很厚实，可以替她挡去许许多多的寒风，她小心翼翼地挪过去，来到他的身后，从被子里缓缓伸出一只瘦弱细嫩的手臂,在他的肩膀上轻拍,却在他回头的瞬间缩回去,而后同样背过身。

"你上来吧。"她闷声说。

背后寂静一阵,而后便是窸窸窣窣的脱衣声,尽管已经预想过,可温毓还是忍不住红了耳朵,不敢回身。

被子的另一端被轻轻掀开,有寒气进来,而后便是一个温热的身体靠过来,和她保持着距离,她却依旧能感觉到他浑身散发的热度。

除了屋外呜咽的海风之外,屋子里没有任何声响,尴尬得让温毓忍不住深深呼吸。

她好不容易才找到话题:"你有没有看到把我推下去的那个人?"

"只看到了一个黑影。"晏怀先的声音在这空荡的房间里格外低沉,仿佛还有回音,"发生了什么?"

温毓摇头,她也不知道,一切发生得太快又太莫名,她根本来不及反应。

"温毓。"他忽然出声,不知道何时,他的声音靠得这么近,"你的生日是什么时候?"

温毓下意识回头,正好看到他的脸在她身后,那么近,鼻尖都差点擦过。她垂下眼:"不知道。"默然。

晏怀先沉默,忽然,唇角一勾,抬手捏住她泛红的耳垂:"温毓,你的耳朵很红。"

他的指腹触碰到她的灼热的耳垂,她浑身一颤,仿佛被点了穴,一动都不能动,睫毛轻轻颤着。她恍惚间忽然抬起头来,对上他含着笑意的双眼。

呼吸相闻,仿佛有海水的味道,咸咸涩涩,无法忘怀。

晏怀先捏着她耳朵的手松开,不知何时抚上了她的脸颊,她原本冰凉的脸颊这会儿已经有些温热,可他的碰触依旧教她轻轻颤抖,她想要拍开他的手,不知为何她的双手根本不受自己的控制。

"温毓……"他轻声叫她,脸不知什么时候凑得那么近,仿佛睫毛都要在她的脸颊上轻眨。

她屏住了呼吸,被子下的手用力地捏住了自己的大腿,有些疼。

他越靠越近,温毓快要喘不过气来……

屋外忽然传来"喵呜"一声惨叫。

两人都被吓了一跳,温毓仿佛一瞬间回过神来,猛地扯过被子就将自己盖住,却忘了他也在被子里,被她一拉,他毫无防备,径直往她身上倒去。

温毓刹那间闭上了眼睛,却意外地没有感受到他的体重,微微怔愣,她缓缓睁眼。

入眼,是晏怀先的双眸,她头一次这样近距离仔细看他的眼睛,他的瞳孔意外得很清澈,仿佛暗夜里微微淌动的海水,她从他的眼里看到自己,明灭恍惚。

他眉眼微微弯了弯,她清醒过来,侧脸,而后看到他撑在她脸边的手臂,因为用了力,小臂上的肌肉线条流畅,青筋贲起,竟让人觉得性感。

"还不滚开?"她哑着嗓音说,却抑制不住喉间的颤意。

晏怀先轻轻一笑,没有再说什么,起身躺在她的身侧,两人背对着背,却也是从未有过的亲密距离。

他就在身边,温毓的精神一直高度紧张,原以为会清醒一整晚,却不知什么时候逐渐没了意识,昏睡过去。

梦里是无穷无尽的海水,飞快地淹没她的身体,她的耳鼻和双眼,她咳嗽一声,咸涩的海水便涌进她的口中,她想呼喊,可一句话都喊不出来。

第四章 我那么相信她啊

猛烈的咳嗽过后,温毓终于喘着气缓缓睁开双眼,眼前的确昏暗,却并不是梦中那种黑不见底的可怕,她依旧在昨夜的那个破旧的茅草屋里,只是身边却没有另一个人的存在。

她坐起身来,四处看了看。

"晏怀先?"她叫,并没有人应她。

她身上只有贴身衣物,那件华丽的裙子依旧如同破布一样皱巴巴地团在地上,她没办法下床,只能等着。

她并没有等很久,门口已然传来脚步声。

分明没有那么熟,她却瞬间就听出那是晏怀先的脚步声,沉稳而有力,一步一步仿佛踏在人的心上,猛然震颤。

破旧的木门"嘎吱"一声打开,伴随着并不刺眼的光,晏怀先微微弯腰,走了进来。

他抬眼,微微一怔:"你醒了?"

温毓"嗯"一声,莫名觉得有些许尴尬,抬手将被子往上扯了扯,轻咳一声:"几点了?"问完才想起来两人都没有手机在身上。

"六点不到。"没想到晏怀先会回答,他走过来,将左手提着的塑料袋扔在她的身边,"把衣服穿上。"

温毓看一眼这个皱巴巴的乳白色塑料袋，上面还印着超市的名字电话和地址，不免挑了挑眉。

里面是一套普通的黑色运动服，质量一般。

晏怀先见她并不动作，忽而轻笑："怎么？看不上？那也忍一忍，总比你身上的好。"

温毓睨他一眼："你想看我换衣服？"

"倒是我思虑不周。"他将另一个塑料袋放在桌上，转身出去。

她倒是不去想他从哪里来的钱，见他出去便背过身，将那套运动服穿在身上，不大不小，正巧合身，塑料袋里还有一双运动鞋，她放在地上穿好，看到了床脚那仅剩的一只高跟鞋，另外一只高跟鞋大概是已经弄丢在了海里。

桌上的塑料袋里是两瓶矿泉水和几包饼干，她看一眼就收回眼神，径直开门出去。

推出门去，眼前便是一片大海。

已经是初夏，尽管还不到六点，这会儿已经日出，温暖的阳光洒在平静的海面上，泛着波光点点，她被迷了眼睛，一时间没有发现逐渐走近的晏怀先。

晏怀先来到她的身边，黑色的运动服于她而言很合身，只是显得她更加瘦弱，头发被她在脑后扎成一个球，只有些许散乱的发丝在她纤细的脖颈间飘荡。

她微微眯着眼睛，阳光将她的瞳孔也染成了金色，仿佛那片无垠的海面，闪着令人心动的光。

她忽然转过头来，和他的视线正好撞上，两人都微微怔愣，随后仿佛无事一般移开视线。

"不饿？"他问。

她没有应声。

他去里面将水和饼干拿出来递给她:"吃一点,马上就会有人来接我们。"

两人坐在屋前海边的礁石上,相对无言地吃了点东西。

其实温毓并不是很饿,吃了几口便放下来,看向同样已经放下食物的晏怀先:"这件事情,回去之后你不用管。"

晏怀先微微挑眉,没有说话。

温毓沉默了几秒,抬眸,看入他的双眼。

"晏怀先,你到底想要什么?"

"你……"晏怀先顿了顿,"的秘密。"

"你的好奇心可以到此为止,我并没有什么秘密。"温毓躲开他的视线,起身想离开。

她没能迈出一步,已经手腕已然被晏怀先紧紧拽住,她挣了一下没有挣开:"晏怀先,你……"

晏怀先同样起身,个头比她高上许多,低头俯视着她:"我当然明白,秘密之所以称之为秘密,那是因为不为人知,你不想说也无所谓。我想做什么,是否和你有关,那也是我的秘密,同意吗?"

温毓抿了抿唇,刚想说什么,晏怀先已经松开对她手腕的钳制,而后稍稍侧身,看着不远处:"我们可以走了。"

晏怀先只通知了晏家的人,温毓只能由他送回去。

坐在他身边,温毓深吸一口气:"晏怀先……"

唇上忽然多了微凉的手指,她的话哽在喉咙。

趁她发作之前,他飞速将手指撤走:"你不累?我昨晚一夜没睡,想睡一会。"说完,唇角轻轻扬起,似是想到了什么。

温毓一怔,眼前陡然出现昨夜与他同床共枕的画面,她蓦然咬唇,脸颊泛了点红,背过身不再看他。

晏怀先轻轻摇头,唇角的笑容却没有消失。

车停在温家门口,温毓不等人来开车门,自己便率先开门下车,快步往里走去,像是要摆脱什么噩梦一般。

只是还没进到大门,手臂已经被熟悉的那只手握住,她瞪他,他却忽然弯腰,一把将她打横抱了起来。

她下意识地轻呼一声:"晏怀先!"

温家格外安静,她这一声仿佛还有回音,响彻整个客厅,沙发里坐着的人全都瞬间抬起头,朝门口看过来。

温毓瞪着晏怀先。晏怀先却像是丝毫感受不到她满是恼怒的眼神,径直往里走:"温叔叔,我把阿毓带回来了。"

阿毓……

温毓克制了许久才没有抬手打下去,毕竟家里人不少,只是咬着牙低声叫他:"你快把我放下来!"

晏怀先无视她的抗议,直接走到沙发旁:"温叔叔,温大哥。"

温毓吐出一口浊气,转头看过来,不想第一个看到的竟是红着眼睛不知所措的宋寄安,她想叫一声,却发现自己忽然什么声音都发不出来。

温峋率先迎上来,想将温毓接过去,晏怀先却微微侧身:"阿毓应该累了,我先送她回房,具体的事情我等下再和温叔叔交代。"

温历终于回过神来,哎了两声:"回来就好,快去吧。"

晏怀先自如地抱着她走上楼梯,直接来到她的房间,这才将她放在床上。

她恼怒地抬眼看他:"你到底想干什么?"

"在帮你。"他说。

"你……"

"你不是应该感谢我?在你父亲面前演这样的戏码?"晏怀先突然俯下身来,与她的距离不过几厘米。

她下意识地往后靠,后脑勺却有手掌按住,让她无处可退。

他越靠越近,在她想要叫出声的前一秒,他微凉的指腹在她眼角轻轻蹭过:"你可以去照照镜子。"说完,他笑一声,直起身转身大步离开,没有再回头看一眼。

温毓咬牙切齿,刚想怒骂,一抬眸却看到正倚在房门口的宋寄安,眼睛比刚刚还红,眼眶湿漉漉像是下一秒就要哭出来。

温毓暗骂一声,迅速下床走到她面前:"寄安……"

宋寄安笑了下,却像是在哭:"你知道我多担心你吗?你突然就不见了,怎么联系都联系不到,我一整晚都不敢回家,不敢睡。我要等到你回家,我……没想到你和阿先……"

"你信不信我?"温毓握着她的手,声音不大,却格外有力。

"我……"

"我不喜欢晏怀先。"温毓说,"至于昨天晚上的事情,他的确是救了我,但也只是救了我,仅此而已。"

"真的?"宋寄安眨了眨眼睛,轻声问她。

"你信不信我?"

宋寄安咬咬唇,终于点头:"对不起,阿毓,我太嫉妒,我……"

温毓抬手扫去她眼角的泪:"去擦下脸。"

"你才要擦脸呢!"宋寄安拉着她来到镜子前。

温毓这才看到自己脸上蹭了许多污渍,她懊恼地皱了皱眉,怪不得刚刚晏怀先那样说。

她洗了个澡换上衣服这才从洗手间出来,宋寄安坐在沙发里等她:

"阿毓，昨天到底发生了什么事？"

温毓微微摇头："我也……我不小心掉下了海。"她笑笑，"没事。"

宋寄安又想说话，眼神却忽然凝固在她的脖间。

温毓的脖子很漂亮，如天鹅颈，修长白皙，她一向不喜欢戴饰品，所以脖间总是空空如也，今天却不一样，一枚镶满碎钻的戒指坠在她的锁骨中间。

宋寄安收回眼神，想说话，却发现喉咙像是被什么堵住，一个音节都发不出来。

"寄安？"

宋寄安蓦地起身，尴尬地笑了笑："我，我先回家了，我一整晚都没有回去……"

温毓皱了皱眉，还想说什么，她已经匆匆转身走了开去，连一句道别都没有说。

温毓不是傻子，她忽然想起什么，低头看向自己的脖颈，总算知道为什么，她抬手解开项链，急忙追了出去。

一楼已经只有温历和温岫。

"寄安呢？"

"已经回去了，怎么了？"温岫迎上去。

温毓手心是被她拽紧的项链，摇摇头："晏怀先也回去了？"

温岫点点头。

她呼出一口气，算了，总有机会还回去，也总有机会解释清楚。

"温毓。"温历叫她，"过来。"

"如果你是想问昨天的事情，晏怀先应该已经说过了吧？"

"你……"

温岫拍拍她的手臂:"你好好说话,爸也是担心你。"

"担心?"温毓低头轻笑一声,"担心没了我这颗棋子吗?因为我现在还有些用处?"

"温毓!你就这样对父亲说话?这是温家的家教?"

眼见温毓还要顶嘴,温岫连忙将她挡在身后:"爸,昨天发生那种事情阿毓肯定也吓到了,我先带她去休息,有什么事情,之后再说吧。"

温历哼了一声,双手背在身后,一脸不满地转身走开。

温岫扶着不言不语的温毓上楼,等她坐下来,他伸手捏了捏她的脸颊:"好了,不要生气,这点面子都不给我?"

温毓依旧低头不说话,她只有在温岫面前,才偶尔会像个没长大的孩子,大概是因为知道温岫会无条件地宠着她。

"你明知道和他顶嘴没有好处,又何必……"温岫坐在她身边,"昨天到底发生了什么,不要拿晏怀先敷衍爸的那些话和我说,我想听实话。"

"他怎么说的?"

"说你为了他落水。"

温毓忍不住嗤笑一声。

"阿毓?"

"没什么,是我不小心掉水里了。"

"阿毓!"

"大哥,我也不知道怎么回事。莫名其妙就有人出现把我推到了水里,是晏怀先救了我。"温毓轻轻蹙眉,就算是温岫,她也不想说得太多。

"莫名其妙?"温岫蓦地起身,"你看清楚那个人长什么样子了吗?"

温毓摇摇头:"没有,我什么都没有看清楚。"

"别担心。"温岫重新坐下来,轻拍她的肩膀,"有大哥呢,我会把事情查清楚,究竟是谁在暗地里搞鬼!"

"好,如果有消息,大哥,你和我说好不好?"温毓转头看他。

温岫应一声："好，你别担心，回来就好，你好好休息，我不吵你了。"

房间里重新恢复安静，温毓侧躺在床上，盯着窗帘的缝隙发呆。

昨夜游轮上那个黑影，不知为何总有几分熟悉的感觉，不过她自己都无法确定，那个黑影和顾璇到底有没有关系。

事情好像变得越来越复杂，而她却依旧一点头绪都没有。

她有些懊恼自己的无能为力，可她羽翼未丰，一点力量都没有，什么都做不到。

昨夜游轮上那么多人，要查出那个黑影是海底捞针，对了，监控！

温毓猛然坐起身掀开被子，连鞋子都忘了穿就直接跑向温岫的书房。

"大哥……"她推门而入，这才发现温岫正在打电话，她难得这样冲动，有些懊悔，想要关门。

温岫朝电话那头低低说了几声便将电话挂断，大步走过来："怎么了？"随后低头看到她光着的脚，"怎么鞋子也不穿？"

"大哥，你在忙？那我等会儿再……"

"没事了。"温岫将拖鞋脱下来放在她脚边，"快穿上。"

"不用，我……"话还没说完，温毓的脚腕已经被蹲下身去的温岫握住，她无可奈何，只好穿上他的拖鞋。

"怎么了？有什么事？"

"游轮上的监控。"温毓说，"我想看看。"

"这件事情我来办就好，阿毓你不用操心。"他边说边领着她回房间，"你现在要做的就是好好睡一觉，一切都等你醒过来再说，好不好？"

温毓根本无法入睡，最终还是点点头："好。"

下午便有了消息，偏偏那个角度没有监控的摄像头，就连她记忆中的黑影也根本不存在。

温毓无法相信，反反复复看了许多遍，最后却也只能接受现实，就这样失去了所有的线索。

"我还会继续查。"温岫说，"别担心。"

一切都太过巧合，巧合得让人不敢置信。

温毓的身体素质还不错，落水这件事情之后，她连个头疼脑热的症状都没有。

而等重回学校，她才知道晏怀先回家之后便开始发热，因为还没退烧，他并没有出现在学校。

温毓并没有把他放在心上，可也无法心安理得，装着项链的盒子被她紧握在手心，有些恍惚。

"阿毓……"身前不知何时多了一个身影，宋寄安轻声叫她。

温毓回过神来，下意识地将手里的盒子塞进抽屉，而后抬眼看她："寄安，怎么了？我正好也要找……"

话还没说完，温毓的手机铃声骤然响起，她拿起看了一眼，是晏怀先，按掉，再抬头，宋寄安的脸色更差。

"寄安，我知道……"

手机铃声偏偏又不合时宜地响起来，温毓刚想挂断，可这次屏幕上显示的是温岫的名字，她咬咬唇："寄安，你等一下，我接个电话。"

宋寄安看着温毓转身匆匆跑出去接电话，手指都快要被她拗断，她分明说不喜欢晏怀先，可却在这样肆无忌惮地接他的电话……

宋寄安一直是想相信她的，她是她最好的朋友，她一直以为自己信她的每一句话、每一个字，可现在，她却明白，世界上根本就没有决然的信任。

她坐在温毓的座位上，一眼就瞧见被温毓塞进抽屉的盒子，她缓缓

抬起手,追随着脑海中唯一的声音,将那个盒子拿了出来,打开。

是那条项链。

宋寄安的手松开又握紧,最终还是颤抖着拿起那枚戒指,下意识地攥在手心,而后抬头看向窗外的温毓,温毓已经打完电话要进来,她匆匆将盒子放回去,而后手伸进口袋,项链便进了她校服的口袋里。

她蓦然起身,刚想走,一抬眼却和走进来的杨从玦视线相撞。

她将手从校服口袋拿出来,想装作若无其事的样子,却看到杨从玦的视线缓缓移到了她的口袋,她瞬间捂住口袋,咬着唇,快步走了出去。

杨从玦回身看她的背影,低头笑了下。

温毓放下手机,长长吐出一口气来,没想到温岫说的根本就不是游轮那晚的事情,而是让她晚上和他一起去一趟晏家。

她自然百般不愿意,可晏怀先是因为她而生病,这是不争的事实,她到底没能推脱掉,乖乖地应了下来。

刚想转身回去,宋寄安已经出来,低着头像是没有看到她。

温毓抓住她的胳膊:"寄安……"

没想到宋寄安反应会这么大,瞬间甩开她的胳膊,而后又扯了扯唇:"我先回去了。"

"寄安,我有话和你说。"

"我还有别的事情,下次再说吧。"她低着头说完就匆匆转身走开。

温毓又叫了宋寄安一声,她却像是没有听到,一个转弯便离开了温毓的视线。

宋寄安一整个下午都有些心不在焉,手放在口袋里,死死地拽着那个镶满碎钻的圈,手心都快要灼烧起来。

她不知道自己为什么会把属于温毓的东西拿过来,她只是太嫉妒,嫉妒晏怀先对温毓的不一般，心里仿佛被点了一把火，把自己所有的理智都燃烧殆尽，唯一的念头就是抢过来。

而现在，她拿着也不是，还回去也不是。

比起温毓，宋寄安认识晏怀先更久，那时温毓还没回到温家，她总是被爷爷带着去晏家，尽管他和现在一样对所有人都不冷不热，可她就是喜欢跟着他，跟着他就这样成了习惯，再也改不了。

他们认识这么多年，他从没有在她生日的时候送过礼物，出席她的生日宴会已经是她觉得庆幸的事情了，可温毓却这么不一样，她怎么能不嫉妒？

宋寄安的嘴唇快被她咬出血，放在口袋的手终于缓缓拿出来，手心放着的项链依旧那么美，在阳光的照射下散发着熠熠的光，能让她迷了眼睛。

她抿抿唇，舌尖是微涩的铁锈味道。

下课铃声响起来，她仿佛瞬间醒过神，终于猛地起身，匆忙往外跑。

站在温毓的教室外，宋寄安深吸一口气，终于打算进去。

门在她推开之前被人打开，她微微一怔，出现在她眼前的是杨从珙。

杨从珙有些诧异，随后是满含深意地笑了笑。

不知为何，宋寄安的心口猛地跳了跳。

"来找温毓？"杨从珙问。

宋寄安"嗯"一声，想进去，杨从珙的声音再度从她身后传来："是来还项链的？"

她的步子蓦然僵住，回头看向杨从珙。

杨从珙脸上的笑容是发现秘密的得意："寄安，要不要和我谈一谈？我们应该有很多事情可以说，不是吗？"

宋寄安重新把手放进了口袋，低低应了一声，跟着杨从珙走了出去。

"从玦，不是你想的那样，我……"宋寄安咬咬唇，垂着眼睛轻声说，"我承认我之前冲动了，可是我现在知道我错了，这件事情，请你不要和阿毓说。"

"你以为你还回去就是神不知鬼不觉？她已经发现了，班里没有人敢招惹她，去过她座位的只有你一个人，她会不知道？"

"我……"宋寄安不敢置信地抬眼看她。

杨从玦握住她冰凉的手："寄安，我知道你很善良，但我不明白，就算善良，你究竟是怎么忍受着和温毓成为好朋友的？"

"嗯？"

"你难道没有想过，温毓为什么一个朋友都没有吗？"杨从玦柔声道，"我那天看到晏怀先送她项链了，她明知道你喜欢晏怀先却还接受他的礼物？她这么理直气壮，你不过是一时冲动又算得了什么？"

"从玦……"宋寄安的声音有些哽咽，"阿毓她……她肯定不是故意的。"

"你是善良过了头！照我说，她不仁你就不义，干脆就趁这次撕破脸皮，一刀两断，她这种当面一套背后一套的朋友，哪里好了？我都看不下去！"杨从玦像是恨铁不成钢，气得差点打她。

"从玦……"宋寄安轻声问她，"我真的，没有错吗？"

"你有什么错？每个人都会嫉妒，真正有错的是温毓，是她两面三刀。有些事情我以前都没和你说，怕你觉得我挑拨你们感情，你不知道，她之前是怎么对我和瑶瑶的。我们是想和她好好做朋友的，结果她摔了瑶瑶的手机，还把我们关在了器具室里，你不知道那里多可怕……"

"啊？阿毓吗？怎么可能……"

"我骗你干什么？你不信就去问瑶瑶！"杨从玦哼一声，"说到底你就是不把我当朋友，所以才不信我！明明我们认识得更早。"

宋寄安拉拉她的胳膊:"从玦,我不是这个意思,我没有不相信你,我只是……"

"我明白的,毕竟你们之前关系那么好,没关系。"杨从玦勉强笑了笑,"如果温毓没有来明扬就好了,如果她没来,她不会这么针对我,也不会和晏怀先扯上关系,你更不会冲动地犯错……"

"是啊,阿毓为什么要突然来明扬呢?中考前她就说只去H中绝对不来明扬的,她为什么……"

杨从玦再次拉住她的手,看着她的眼睛,轻声说:"寄安,我们想办法让她离开明扬吧,只要她不在,一切就能和以前一样了!"

杨从玦的话仿佛是巫女给的毒苹果,宋寄安知道不能吃,却总是被那该死的香气所吸引,想去尝一尝。

"可是……"

"难道你不想吗?让她离开明扬,她就会离开晏怀先,你真的不想?"

"我……"

杨从玦说:"寄安,我们只是想让她离开明扬,让她回到她应该在的地方,这样有什么不对?"

她的视线这样灼灼,宋寄安下意识地垂下了眼睛:"我和你是朋友,我应该相信你,可我和阿毓也是朋友,我也应该相信她,对不起,从玦,我不能这样对阿毓。"

上课铃声适时响起,宋寄安像是得到了救赎和解脱,匆匆说:"上课了,从玦,我先回去了。"

杨从玦看着宋寄安快步跑远,冷笑一声,抬腿踢开了一块石头:"朋友?什么朋友!"

放学的时候,宋寄安还是去了温毓的教室,只是不够巧,她到的时候温岫刚刚离开,她追了出去,看到温岫正在教学楼前。

宋寄安深吸了一口气,快走了几步想叫她,却看到温岫走到了她身边揽住了她的肩膀,喉间的声音便又咽了回去。

温岫侧头看向温毓,捏捏她的脸:"怎么?不高兴去?"

"你觉得呢?"温毓没有好气。

"他到底是因为你才生病,你连探病都不去岂不是太过小心眼?"温岫有些无奈地摇摇头,"再者,我从未见晏怀先对别人像对你这样好,你既然已经答应了父亲,顺水推舟难道不才是你应该做的?"

"大哥!你明明知道……"温毓的话还没说完,温岫的车已经由司机开到了面前。谈话被打断,温岫亲自上前给温毓开了车门,温毓抿着唇坐了上去。

宋寄安从暗处走了出来,看着温岫的车子逐渐远去,右手蓦地握紧,下唇被她咬得泛白:"阿毓……"声音那么轻,仿佛一阵风就能把她的话吹走。

温岫一向明白点到为止,上车之后就再也没有和温毓提起那件事情,温毓的脸色这才好了些。

温毓并不是第一次来晏家,但是每一次来都觉得那么压抑,虽然温家也并没有好到哪里去。

明明是这样华丽的房子,看起来却那么像是有着无数窗户的棺材,让人窒息。

晏家显然知道温岫和温毓要来,十分有礼地将他们迎了进去。

"晏先生在书房,温少爷、温小姐,这边请。"

温毓跟在温岫后面进了书房。

晏司戎坐在一旁沙发里,看到他们进来起身:"来了,过来坐。"

温毓微微垂着头在温岫身边坐下,听着晏司戎和温岫说话。

不知何时便说到了温毓，晏司戎叫她的名字："听怀先说，你也因为他落水了？"

"其实是他救了我……"温毓的话还没说完，晏司戎已经点点头，说："你去看看他吧。"

温毓应一声，出了书房便有人领他来到了晏怀先的房门口，她还在犹豫，那人已经替她敲了门，做出一个请的姿势。

温毓硬着头皮推门进去，里面安静得可怕，她抬眸四下看了看，好不容易才发现了躺在床上的晏怀先。

怪不得方才敲门之后他没有回音，没想到他居然还在睡。

温毓转身想走，却想到了口袋里放项链的盒子，她犹豫了下，到底还是轻手轻脚走向他的床铺。

晏怀先的房间很大很干净，黑白的色调让整个空间看起来很冷清，可这会儿夕阳从百叶窗的缝隙中透进来，昏黄的光线将惨白的墙壁染上了温暖的颜色。

温毓看都没看床上的晏怀先一眼，径直从口袋里拿出那个盒子，放在一旁的床头柜上，小心翼翼地缩回手。

晏怀先却忽然动了动，被子便从他的肩膀滑了下来，落到他的腰间，他上身只有一件短袖T恤，房间里还开着空调，温毓的步子顿了一下，略一停留便俯下身去，抓住被子角，轻轻地替他掖了掖被子。

她下意识地抬眸，看向他。他侧躺着，半张脸都埋在松软的枕头里，眼睛紧闭着，头发有些凌乱，看上去那么无害，她忍不住勾了勾唇角，没想到无害这两个字居然也有一天能和他联系在一起。

温毓移开眼神，慢慢松手，刚想起身，手腕却被人猛地一把抓住，她还没来得及反应，已经失去重心，跌倒在床上。

她怔了怔，蓦然抬眼，眼前是晏怀先的脸。

他们靠得这样近，鼻尖都快蹭到一起，他不知什么时候已经睁开了双眼，眼里仿佛闪着刺眼的亮光，让人不敢直视。

"你……"

晏怀先却扬起了唇角，笑："你来了。"

声音一点都没有睡醒的含糊，清明又利落。

温毓咬牙切齿，怎么还会不明白自己是被他给耍了。

"晏怀先，放手！"

"为什么不接我电话？"他依旧带着笑意，双眼灼灼地看着她。

"有接你电话的必要吗？"

"那我好像也没有放开你的必要……"

"晏怀先！"温毓是真的恼怒了，眉心皱着，语气不善。

晏怀先笑了笑，到底还是松开了对她的禁锢。

她动作利落地从床上跳了下去，理了理有些凌乱的衣服，再抬眼时他已经坐起来，靠在床头，挑着眉眼看她。

她冷哼一声，没有好脸色。

"我以为你不会过来的，真是出人意料。"

温毓用眼神示意了一下床头柜上的盒子："我是来还这个的。"

晏怀先伸手拿过来："送出去的礼物，哪里有收回来的道理？"

"我也从不随便收人礼物。"

晏怀先将盒子打开，脸上的笑意骤然放大，将盒子转一个方向面对温毓："拿珠还椟？"

温毓愣了下，那条项链消失无踪，根本就没有在盒子里。

"怎么会……"她伸手在口袋里找了找，依旧什么都没有。

项链就这样凭空消失。

"想必它也更喜欢你这个主人。"晏怀先将盒子阖上，重新放回床头柜,"天意如此。"

温毓咬咬唇,探身将盒子拿走:"我会把项链找回来。"

"就这么不想要?"

"因为那不是属于我的东西,我先走了。"和晏怀先单独处在一个封闭的空间里,不知为何让她觉得有些浑身不适,说完便转身,迈了两步忽然想到了什么,步伐微顿,用他可以听到的声音轻轻说,"谢谢你。"

晏怀先愣了一下,忽而唇角微扬,没有说什么别的,只是低低应了一声。

门被温毓缓缓阖上,房间似乎一瞬间暗淡下来,晏怀先唇角的笑容逐渐收敛,拿起床头柜上的药,仰头吞了两颗,喉间有些干涩,他却一口水都没有喝,径直躺了回去,扯了扯被子,直到把脸都遮盖住,这才缓缓闭上了眼睛,床上还有些许温毓的气息,不浓烈,淡淡的,舒服的,让人昏昏欲睡的。

不知道晏怀先是不是趁机旷课,第二天依旧没有出现在学校。

温毓反倒是有些庆幸,毕竟昨日的事情如今想来依旧有些尴尬,在找到项链之前,她有些不想见到晏怀先那张脸上会出现的戏谑笑容。

项链分明是在教室里丢的,可是谁敢偷她的东西?

下午第一节课是体育课,女生组队练排球,温毓身边一个人都没有,她也无所谓,正想自己找个角落,身后忽然传来格外低的叫声,怯怯懦懦地喊她的名字。

温毓回身去看,是夏小满,双手在身前紧紧地握着,甚至不敢抬头看她,只是又低低叫她一声:"温毓,我有话想和你说……"

"什么?"

"我,那天,我……"她结结巴巴地说不清楚,眼睛眨巴得厉害,"我,看到你……"

她话还没说完,有人从另一头叫温毓:"温毓!"

温毓转头去看,是郁砚笑着冲她招手。

郁砚大步跑过来,还粗粗喘着气:"我刚刚去了一下厕所,温毓,我们一起练习吧,好不好?"说完便满脸期待地看着温毓的表情。

温毓应一声,而后看向夏小满:"你想说什么?"

夏小满受惊似的摇摇头:"没什么。"说罢匆匆转身跑了开去,仿佛有怪兽追着她一般。

温毓有些莫名。

郁砚笑着说:"夏小满就是这样了,平常总是不说话,偶尔开一次口就这样神神叨叨的,你不用管她就好啦!"

温毓点点头,还没反应过来,郁砚已经挽住她的胳膊往排球网那边走:"我们过去吧!"

随着郁砚往人群中而去,温毓微微笑了笑,除了宋寄安,郁砚大概是唯一一个不怕她的冷漠,坚持不懈靠近她的朋友了。

她习惯独来独往,但其实这种感觉,比一个人更好,事实上她也不过是一个普通的十八岁的女孩子,而已。

体育课结束之后,温毓和郁砚一起去厕所,她难得体会一次等人的感觉,站在门口居然有些无所适从。

夏小满正好撞见一脸不自在的温毓,犹豫了又犹豫还是走上前去:"温毓……"她小心翼翼地抬头看一眼,却在触碰到温毓视线的下一秒就移开了眼神。

"什么事?"

"我……"夏小满深吸一口气,声音带着微微的颤意,"我昨天,看到,你的……啊……"

她侧头去看,杨从玦不知何时出现,搭住她的肩膀,笑嘻嘻的:"这么巧，我有事和你说，过来一下，怎么样？"

"我……"夏小满浑身都在颤抖，"不……"

温毓皱了皱眉："杨从玦……"

"连她的事情你也要管？"杨从玦勾了勾唇角，"不过是想和她说几句话，又不是要打她。"

温毓抿抿唇："项链的事情，是不是你？"

"什么项链？我可是从来都没有听说过。"杨从玦睨她一眼。

"我……"夏小满想说话，却忽然噤声。

"怎么了？"郁砚已经出来，不解地看着几人，"温毓，我们回教室吗？"

温毓应一声，深深地望了杨从玦一眼，跟着郁砚一起走开。

夏小满缩了缩脖子，下意识地看了一眼杨从玦，一句话都不敢说。

见温毓走远，杨从玦放下胳膊，逼近她："怎么？你想和温毓说什么？"

"没，没什么。"夏小满用力摇头。

"是不是想说……项链？"杨从玦低声问。

夏小满不敢置信地抬头看她。

"是啊，我有什么不知道的呢。"杨从玦笑了笑，又瞬间收拢笑容，"警告你，别在温毓面前说这件事情！"

"可是……"

"可是什么可是！这和你有什么关系！你要是敢说的话……"她哼了一声，"你还想不想在这里待下去？"

夏小满抿抿唇，一声不吭，脑袋快要垂到胸前。

杨从玦伸手扯了扯夏小满的头发："当然也不是不让你说，有些事情该说的时候才能说，明不明白？"她当然不管夏小满明不明白，径直扭着腰走开了。

　　许久之后，夏小满才缓缓抬起头来，怔怔地望着她们消失的那条路，一动不动，仿如雕塑。

　　"小毓毓！"易文钦打过篮球，刚去厕所冲过脸，额前的头发也沾了水渍，就直接冲了过来，"咦，这是哪里来的？"

　　他动作一顿，盯着温毓手心的那条项链。

　　温毓握拳，将这条莫名其妙又出现在她课桌里的项链紧握在手心，塞回了口袋："没什么。"

　　"谁送你的？"易文钦不管不顾，"你喜欢这种吗？你喜欢的话我也送你！我还以为你不喜欢呢……"

　　"闭嘴！我不喜欢！你敢送试试！"

　　易文钦唉声叹气："也是，把我送你的生日礼物都退了回来，怎么会要别的？可是，这项链到底是谁送的？"

　　温毓并不打算给自己找麻烦，咬紧了牙关不回答，可偏偏就有人不会看眼色。

　　"是我。"一道略带沙哑的声音从身旁传来。

　　两人齐齐朝着声音的来源看去，居然是晏怀先，他不是感冒发热，不能起床吗？干吗过来凑热闹！

　　易文钦直起微微弯着的腰："你送的？"

　　"是我送的，给温毓的生日礼物。"晏怀先的脸色倒是一点都不像生病的样子，脸上是惯常会有的表情。

　　"凭什么温毓要收你的礼物？"

　　晏怀先勾了勾唇："因为我不是你。"

　　温毓抬眼，正好看到走进教室的杨从玦，她唇角微微上扬，露出一个笑容。温毓舒出一口气，蓦然起身："够了！"

话音刚落,上课铃声便如救星一般响了起来,她舒出一口气来:"你们不上课?"

温毓显然不明白为什么晏怀先会选择在这个时候回学校,就像她同样不明白那条凭空失踪的项链又为什么会突然回到她这里,究竟是不是和杨从玦有关。她只知道,事到如今,她的烦恼并没有因那些变化而少掉一丝一毫。

好在易文钦还算好应付,几句话便能堵住他的嘴让他什么都说不出来,至于晏怀先,反正昨天那样尴尬的场面都遇到过了,今天还能比昨天更难堪不成?

"找到了?"晏怀先打开盒子,看一眼,笑着说,"是谁偷的?"

"你的东西还给你,别的事情和你没有关系。"温毓将滑下来的书包背好,"已经放学了,我先回家。"

她转过身还没走上两步,书包便被人拉住,她还没来得及看,晏怀先已经走到她的身边,一只手下意识地搭在她的肩膀:"一起走。"

温毓眉心微皱,侧身躲开他的手,面对他。

"晏怀先,不要动手动……"

话还没有说完,晏怀先忽然像是没了力气一般,往她这边倒了下来。

她浑身僵直,无法动弹,晏怀先的脑袋靠在她的肩膀,隔着薄薄的校服,她能感觉到他额头的热度,他分明还没有退烧。

"晏怀先!"她叫他,浑身都觉得别扭,好在同学都已经离开教室,不然她才不管他的死活,直接把他扔出去才对。

晏怀先的声音很轻,像是从空谷传来,还带着明显的压抑:"我头疼……"他居然在示弱,而后张开手臂轻轻地揽住她,"让我靠一靠。"

温毓背脊僵着,垂在身侧的手紧紧地揪住了裙摆,裙摆都要被她捏皱了,鼻尖全都是他的味道,他出了汗,浑身冒着热意,明明教室那么大,她却觉得压抑到连呼吸都开始困难。

"你,看到了吗?"

宋寄安浑身颤了颤,猛地背过身去,眼睛都不敢眨,生怕眼泪忍不住掉下来:"不,阿毓不会这样的……"

杨从玦冷笑一声:"你还在自欺欺人?你把温毓当朋友,可她眼里根本就没有你!明知道你喜欢晏怀先,却还是做这种事情,寄安,你不要再被她骗了!"

宋寄安垂着脑袋,眼泪到底还是忍不住落了下来,落在地上,晕开一片:"阿毓怎么会这么对我,我那么相信她,我那么相信她的啊……"

杨从玦抚着宋寄安的后背,轻声道:"怪不得她身边一个朋友都没有,谁会愿意做她的朋友?寄安,你看,在她没来之前,一切都是好的,所以,我们让她离开明扬吧。"

宋寄安缓缓抬头,怔怔地看着杨从玦,犹疑不决。

"寄安!"

第五章 她们,不是朋友吗?

今夜风有些大,树影重重,月色却很好。

一弯新月浅浅地挂在如黑幕般的夜空中,平常总是躲起来不见踪影的星星全都跑出来凑热闹,夜幕中闪着无数颗闪亮的星。

"八十七,八十八,八十九……一百十一……"温毓顿了顿,猛地将遮到胸口的被子扯起来,盖住了脸。

已经过了一点,可她却一丝睡意都没有,清醒得要命,这是她第八次数星星数到一百多了。

不知为何,她一闭上眼睛,眼前便会出现晏怀先那张因为发热而通红的脸。

她最后还是推开了他,用得力气不大,他却摇晃了一下才站稳,而后抬头,轻轻笑了笑,连眼睛都红透了。

她好像从没见过他这个样子,不是那个冷冽到让所有人都害怕的晏怀先,也不是那个偶尔拿她开玩笑,会露出戏谑笑容的晏怀先,现在的他,好像只是一个需要人陪伴,需要人安慰的,生病了的少年,仅此而已。

他和她在很多时候都很像,总是拒人于千里之外,可她又和他不一样,很多很多的不一样。

温毓缓缓地将被子扯了下来,重新看向窗外,星星还在,月亮却只剩下隐约模糊的一个轮廓。

明天，马上就会到来的。

希望，也总会来的，对不对？

宋寄安已经有半个月都没有和温毓联系了。

温毓向来冷情，不习惯与人交往，与宋寄安之间也总是宋寄安主动联系，所以直到半个月之后，温毓才发现了自己身边已经很久都没有宋寄安的声音了。

马上就要期末考试，温毓便想等考试之后再说，只是很多时候，事情总是那么的不尽如人意，有些以后再说，可能就变成了再也没能说出口……

下周就是期末考试，温毓对考试成绩一向在意，近段时间在学校待的时间就越发长了，当然在这之前她要先打发掉非要和她待在一起的易文钦。

温毓是在教室里的同学几乎已经走光的时候收到宋寄安短信的。

"阿毓，我有话想要和你说，能来一下天台吗？"

温毓将书本阖上，蓦地起身，快步要离开教室。

"温毓！"郁砚一向都会在教室陪她一起复习，见她走开，忍不住叫，"你去哪里？"

她回头："我有事出去一下，你先回去吧。"来不及听郁砚的回答就已经大步走开。

郁砚低头看了一眼手里的书本，缓缓地坐了下来。

温毓已经许久都没有去过天台。

或许是因为愧疚感吧，她每次上来仿佛都能看到顾璇在这里的孤独无助，而她现在依旧什么都做不了，这样的自己，是没有资格来这里祈

求原谅的。

这个时间楼梯上一个人都没有,她走在前往天台的楼梯上,安静得能听到自己并不重的脚步声,一下又一下。

在快到那扇铁门的时候,她的脚步一顿,隐约听见铁门的另一头有熟悉的说话声,她快走几步,那对话声便越发明显。

"你是不是只把温毓当朋友?那我们是什么?你的跟班?"

"不是的,从玦,我从来都没有这么想过,只是阿毓她……"

"温毓,温毓,温毓!"杨从玦冷笑一声,"什么不是?我们明明更早认识的,她出现之前,我们明明更好的!你知不知道因为你……"

温毓猛地一把将门推开:"杨从玦!"

杨从玦挑了挑眉:"说曹操曹操就到?怎么?我说的不是事实?你们是不是以为只有你们自己是好人?别人都是坏人?温毓,你那条项链,我根本碰都没有碰过,拿的人是她,是宋寄安!"

"从玦,对不起,那件事情我也不是故意的,我没想到阿毓会以为是你拿的,对不起,我……"宋寄安想去拉她的手,她却甩手一推,将宋寄安直接推搡在地,"温毓,你也看看,你眼里的好人,你眼里的好朋友,其实只是个小偷而已!"

温毓的表情有那么一瞬间的怔愣,反应过来便走过去将宋寄安扶起来,给她拍了拍身上的尘土,一句话都没有说。

宋寄安的眼睛里蓄满了泪,小心翼翼地拉起温毓的手:"阿毓,对不起。"

"她做的事情一句对不起就好了,我就要被你继续折磨,对吧?"杨从玦在一旁冷笑。

温毓没理她,笑了下,用力握了下宋寄安的手,这才转而看向杨从玦,朝她走了几步:"你的意思,是想好好算一下我们之间的账?"

她微昂着脑袋，浑身散发出来的逼人气势让杨从玦下意识地想要往后退一步，鞋底在地面微微磨蹭，杨从玦重新站稳，下巴微扬，不甘示弱地看着她。

"是你一来就不给我们好脸色，把瑶瑶的手机摔了不说，还把我和瑶瑶关在体育器具房，只要有什么事情就污蔑是我们做的，就连什么项链丢了也要质问我！我又什么时候得罪你了？不就是以前和那个丑八怪开了点玩笑就这样对我，你凭什么！"

"你问我？"温毓忽然笑，"开了点玩笑？你要不要我演示一下，你究竟开过什么玩笑？"她的笑容蓦地收拢，猛然抬手一把抓住杨从玦的头发，"我只不过是把你对别人做过的事情，还给你而已！噢，我忘了，你还没有感受过冷冻车呢？我是不是也该让你感受一下？嗯？"

"你和那个丑八怪又是什么关系，她怎么样又和你有什么关系！警察都不管的事情，你管什么？"

"是啊，警察不管，所以你们才这么嚣张，可是总会有人管的，你放心，你们总会付出代价的！"温毓手下的力气更大了一些。

杨从玦的头发被她拽着，只能歪着脑袋，杨从玦冷冷地说："我们不过是和她玩玩而已，谁能管得了？和她玩还是我们给她面子了！那样子的丑八怪，根本就没有资格和我们在一间教室！真是恶心、肮脏！她就不应该出现在这个世界上！她早就应该死了！真是死得好！"

温毓的眼睛微微睁着，血丝逐渐充满眼白，她紧紧地咬着牙齿，耳边是天台上呼啸而过的风，好像还有顾璇刺耳的哭叫声在其中，她垂在身侧的左手终于缓缓抬起来，猛地在杨从玦的脸上掠过。

杨从玦惊叫一声，径直摔倒在地。

温毓蹲下身，双手揪住她的衣领，让她的脸抬起来："把嘴巴放干净一点，真正应该死的不是她，是你，是你们！"

杨从玦的右边脸颊已经红肿起来,她却依旧笑着:"可惜,我以后还会活得好好的,你失望也没办法,我和丑八怪原本就不是一个世界的人,她那样子的人,死了也没有人会在乎,可我不一样,你明白吗?我不一样!其实,你又有什么资格说我?你所在的世界和我一样,一模一样!"

"可我和你不一样!"温毓用力地甩开她。

杨从玦的后脑勺与水泥地面碰撞的声音格外明显。

"我和你不一样!"温毓咬牙切齿地说。

杨从玦疼得眼泪都掉下来,温毓起身,转身走向铁门边宋寄安身前,握住她的手,声音微哑:"我们走吧。"

宋寄安依旧浑身都在颤抖,手也冰得不像话,她小心翼翼地转头看向温毓。温毓的唇抿得紧紧的,双眼依旧赤红。

两人下楼后先去了一下洗手间,宋寄安洗好手之后才发现温毓一直靠在旁边的墙上一动不动,她拿出口袋的手帕,打湿了之后走到温毓面前,拉过她的手,一点一点擦去她手上的脏污。

"对不起。"宋寄安轻声说,"对不起,阿毓,对不起,真的对不起,我不是故意的……"她低垂着眉眼,泪水疯狂地涌出来,泣不成声。

温毓握住她的手:"我知道,我没有怪你,我都明白。"

"不,你不知道,对不起,阿毓,真的对不起,我没有办法才会这么做的,对不起……"宋寄安往后退了两步,哽咽着说。

温毓想走近,宋寄安却忽然转身跑了开去,只留给她一个慌乱跑走的背影。

她低头,宋寄安的手帕还在她的手里,她长长地吐出一口气来,将手帕蓦地握紧。

夏日的天气总是说变就变，前一天还艳阳高照，这天便是阴云密布，仿佛随时都能下起雨来，只是灼热的天气依旧，闷得让人觉得喘息都有些困难，雨却一直没有下起来。

温毓如同往常一样去学校，还没到教室她便觉得有些不对劲，路上总有学生对她指指点点，等她眼神扫过去，那些人便又装作什么事情都没有一样。

这种状况在她来到教室的时候达到了顶峰，易文钦第一个冲了上来，极其夸张地抓住她的肩膀问："你有没有去看过学校论坛？"

"什么论坛？"温毓看了他放在她肩膀上的手一眼，见他自觉地松开，这才继续说，"你不是应该知道，我从来不看那些东西。"

话音刚落，就听到李绪瑶在不远处高声道："你当然不敢去看！可是大家都看到了，看到了你的真面目！"

杨从玦十分应景地趴在课桌上哽咽了两声，李绪瑶便抚着她的背脊恨声道："从玦，别害怕，大家都会帮你的！"

温毓往前走了一步："真面目？"

易文钦拉住她，带她走出了教室，而后将手机放在她眼前："你先看看这个视频再说！"

易文钦已经将视频打开，温毓一眼就看到了屏幕上出现的自己一巴掌扇向杨从玦，是昨天放学后在天台上的事情，只是这个视频没有声音。

在没有对话的前提下，这个视频便成了温毓凶残打伤同学的极其有力的证据。

温毓冷笑一声："大戏真是一出接着一出。"

"小毓毓，现在该怎么办，我当然是相信你的啊，可是别人不一样，他们只会相信这个所谓的证据，说不定等下学校也会找你过去谈话的。"易文钦抓了把头发，"到底怎么回事啊？"

"和你没有关系，这件事情我会解决的。"温毓转身想回教室，却一眼看见了倚在门框上的晏怀先。

温毓的眼神在他脸上停留了两秒，随后移开，径直往里走，经过他身边的时候，胳膊却被他紧紧地抓住。

她还没反应过来，晏怀先已经拉着她走了出去。

易文钦"哎"了一声追上去："你干什么？"

"没事。"温毓瞪了晏怀先一眼，对易文钦说，"你回去。"

晏怀先得意地勾唇，随后继续拉着温毓走到楼梯。

转角处这会儿没有人，温毓定住脚步不再让他钳制。

"你想干什么？要带我去哪里？"

"先发制人。"他懒懒地说，"既然那不是全部的真相。"

"证据呢？没有证据，谈什么先发制人？"

"证据，总会有的。"晏怀先说。

温毓甩开他的手："这件事情我自己会处理，不用你管。"

"是吗？"晏怀先无谓地耸了耸肩，"不过其实我一直很好奇，你为什么总是和她们过不去，她们，又为什么总是和你作对？你以前，好像从来没有出过这种状况。"

温毓移开眼神，以前她独善其身，但是现在不同了。可这些话她不可能和晏怀先说，所以她只是转身走开，一句话都没有留给他。

温毓没有回去，先去了一趟宋寄安的教室。

那些人看到温毓的反应都差不多，仿佛她是传染病毒，大家避之唯恐不及。

宋寄安不在教室，桌面上很干净，已经快要上课，她不会这么晚还没到。她认得窗边的是班长，直接问："宋寄安还没来？"

班长睨她一眼："她今天请了病假，不来了。"

温毓转过身离开，走得不算慢，却依旧听到了身后的议论声。

如果今天视频里被打的那个人是顾璇，所有人只会好玩，可那个人是杨从玦，一切就变得这么不一样。

这个世界，为什么会有这么不公平的区别？

其实温毓知道为什么，正是因为知道，所以才更加觉得悲哀。

回教室之前，温毓给宋寄安打了个电话，电话的那头是一个温柔的女声，对她说您拨打的电话已关机。

温毓叹一声，打算等这件事情结束之后再去宋家看她，大概是昨天受到了刺激所以才会生病。

果然，午间休息的时候，温毓便被学校叫了过去询问关于视频的事情。

温岫在会议室外面，见到她便摸了摸她的脑袋："没事儿，最多不留在明扬。"

温毓的脚步顿了顿："你不相信我？"

温岫的表情微微一滞："我不是这个意思，阿毓……"

"没事。"温毓笑了下，眼底却没有笑意。

"没事。"她又重复了一遍。

大概是因为温家的关系，询问的教导主任也没有过于严厉，只是最后也对她说："温毓，鉴于目前的情况，我建议你还是转学比较好，毕竟出了这种事情，校园暴力最近又闹得比较厉害，对你自己的学习生活肯定也是会有很大影响的。"

"我不会转学的。"温毓蓦地站起身，一字一顿地说，"那个视频不是全部，我没有做错，我不会转学。"

教导主任眉心微皱："温毓。"

温毓不为所动："如果问完了的话我可以走了吗？下午的课马上就

要开始了。"

　　因为还在休息时间,教室里没有几个人,杨从玦却在座位上。
　　温毓毫不犹豫地走到她的身边:"你能做的,也就这些而已?"
　　杨从玦抬头,右脸依旧肿着,她勾起一个有些变形的笑容,声音低得只有她们两个人听得到:"被人指着骂的感觉怎么样?"
　　"杨从玦,不会什么事都如你的意的。一个视频而已,你以为有什么意义?只要有人说出真相,视频就什么都不是!"
　　"真相?有人?"杨从玦的笑容越来越大,"你是说宋寄安吗?你真的觉得她会说出真相?如果会,她今天为什么没有来学校?"
　　温毓微微怔愣,似乎是一时之间没能反应过来她话里的意思。
　　门口忽然传来人声,有不少同学正在回来,哭声骤然响起,温毓低头去看,杨从玦不知何时已经哭得满脸都是眼泪:"温毓,你别再打我了,要是我什么地方做错了,你和我说,我会改的……"
　　教室里有一瞬间的安静,随后蜂拥而来的都是对温毓的谴责,一句又一句,杨从玦的哭声在其中显得那么刺耳。
　　温毓不知道自己是怎么回到自己座位的,她怔怔地坐下,又拿出手机给宋寄安打了个电话,依旧是关机。
　　她忽然笑了出来,抬眼,便看到杨从玦在众人的包围中朝她看过来,眼里的嘲弄只有她能看得到。

　　"啪"的一声清脆响声,温毓的头都被打得歪到了一边,下唇被她紧紧地咬住,毫不认输。
　　"如果你转到明扬只是为了惹麻烦,那就给我转回去!"温历心气不顺,往后坐在了沙发里,看都不愿意再看温毓一眼,"你要做什么我不想管,但是被人拍到就是你的错!没用!"

温毓微扬着下巴，依旧一声不吭。

"明天去杨家道歉！"他哼一声。

温毓终于启唇："我没有做错。"

"你！"温历起身，抬起手，差点又要扇过去。

温岫连忙挡在温毓面前："这件事情我来办吧。"

温历冷哼，抬起的手缓缓放了下去："好好处理！"

温毓率先转身走开，温岫连忙跟了上去，在楼梯转角处拦住她："阿毓，你就不能服一次软？"

"我没有做错。"她再一次重复。

温岫有些无奈，伸手在她的脸颊上轻轻碰了碰，见她微微颤抖便马上缩回了手："阿毓，转学吧。"

温毓蓦然抬头看他，不敢置信，唇角颤动着缓缓勾起："大哥，你也不相信我。"这次不是疑问句，是陈述句。

"无论怎样，杨家那边因为那个视频不肯放手，你又不肯去道歉，转学是最好的选择。"温岫想去摸摸她的头发，却被她躲过，"阿毓，你得相信，我是为了你好的。"

温毓没有说话，只是默默地背过身去，一步一步慢慢地上楼。

等关上房门，温毓才觉得腿有些发软，扶着墙壁才堪堪站稳，脸上依旧灼烧，有着麻麻的疼。

她扶着墙缓缓地坐下来，脑袋后仰，靠在门上，她大口地喘息，房间里那么静那么静，静到她的喘息声都这样刺耳，静到白天杨从玦说的话又在耳边回响。

"你是说宋寄安吗？你真的觉得她会说出真相？如果会，她今天为什么没有来学校？"

她不信。

不信杨从玦的只言片语。

不信那个在她灰暗人生里留下唯一色彩的宋寄安会如此待她。

温毓猛地起身,拿了掉在地板上的手机就开门跑了出去。

"莫叔,送我去宋家。"她坐进车,急急说道。

莫叔看了一眼追出来的温岫,见他点头,这才开车门坐了进去,油门被踩下,车子猛地开了出去。

车在宋家大门外停下,她等不急,自己直接开车门下去,进去便问:"寄安呢?"

"小姐不在。"

"她不是请了病假?生了什么病?在医院?"温毓继续往里走。

"我也不清楚,温小姐,您要不先回去吧?"

温毓站定:"那我在这里等她回来。"

"温小姐……"

"阿毓。"有声音从楼梯处传来。

温毓侧身去看,宋寄安一身白色长裙,单手放在扶手上,静静地望着她,脸上没什么表情。

温毓不知为何心里一沉,仿佛已经预见到了什么。

没有人再拦着她,她一步一步走到宋寄安面前,微微仰头,轻声叫她:"寄安。"

宋寄安抿抿唇,率先转身上了楼梯,温毓跟在她身后进了房间。

宋寄安的房间和她的人很像,粉嫩少女,是衣食无忧,被人宠着的公主。

一时之间,两人都没有说话,房间里安静得让人觉得尴尬,宋寄安一直背对着她站着。温毓犹豫了一下,叫她的名字:"你没去医院吗?生了什么病,严重吗?"

"你已经知道了,不是吗?"宋寄安的声音很轻很轻。

温毓笑了笑,有些难堪又有些不敢相信:"我只是来看看你,我不相信那些莫须有的流言。"

"你明明就知道了。"宋寄安终于回身看她,一双原本清澈的眼睛仿佛蒙上了一层擦不去的雾气,"温毓,我没有生病,我好好的。"

温毓望着她的双眼,想要看清楚,可怎么都看不分明:"可是,为什么?"

她们,不是朋友吗?

"我只是希望你离开明扬。"宋寄安的眼眶泛起了湿意,声音微哑,"阿毓,你为什么要来明扬?如果你没有来,我们还会是好朋友的,还会的。"

"是因为晏怀先?"温毓问她。

宋寄安移开了眼神没有看她:"你明明知道我喜欢他的,你明明说你和他没有关系的,可是,你做了什么事情你自己知道。我不想伤害你的,我只是希望你离开明扬,仅此而已啊。"

"寄安……"温毓苦笑了一声,"我不能走,我在明扬有事情要做。"

"我求求你了……"宋寄安一把握住她的手,满眼哀求地看她,"阿毓,只要你肯转学,我会去说清楚的,说这一切都是杨从玦设计的,你一点错都没有,阿毓,我们还会是朋友的,好不好?阿毓,我求你了……"

温毓怔怔地看着她已经湿了的脸颊,不知为何将她的脸和顾璇的脸重合在了一起,儿时那个被扔下车的小女孩,是不是也曾经用这样的表情,这样的眼神望过他们离开的背影……

温毓缓缓地垂下眼神,手逐渐握成了拳:"关于晏怀先,让你误会我不是有意,可是我不能离开明扬,我还有事没有做完,寄安,对不起。"

"为什么？"宋寄安哭叫出声，"是不是就真的和她说的一样，温毓，你从来都没有把我当成朋友！一直都是我在靠近你，一直都是我在迁就你，就这么一次，为什么就这么一次你都不肯，为什么？"

"寄安，对不起，因为我……我的……"温毓还没说完，宋寄安已经推揉她出去。

"走，你走！我再不想再见到你了！我们不是朋友！不是！"

温毓被她径直推出了房间，房门在她眼前"砰"的一声关上，她唯一的友情就这样被判了死刑。

她呆呆地立在门口，许久许久都不能离开。

温毓一直很清楚地记得，自己第一次见到宋寄安的样子。

那是小学毕业之后的暑假，宋寄安的生日，温历带着她一同去宋家，而在此之前，她从未以温家女儿的身份出现在大家的眼前，因为她最开始来到温家的时候是带着反抗情绪的，而后温历又觉得她拿不出手，直到她小学毕业考拿了全校第一，他这才终于肯带她出去露露脸。

所有人都把温毓当作是温历的私生女，没有一个人对她这个突然跑出来的温家小姐感到好奇，当然也没有一个人会对她表现出关心。

毕竟只是一个私生女而已，他们还得观望温历对她的态度。

是宋寄安的生日宴会，她自然就被放在那一堆同龄人中，她们都很熟悉对方，嘻嘻哈哈说着话，开着玩笑，只有她一个人，一声不吭地淹没在了人群之中。那时候她只希望宴会快点结束，根本没有抬头看一眼生日会的主角，究竟长什么样子。

许愿，吹蜡烛之后，宋寄安亲自切蛋糕，一块一块地递给她的朋友们。

温毓并没有什么兴趣，找了个角落坐下来发呆，她并不喜欢这种场合，宁愿像过去的几年一样，可是她明白，这只是一个开始而已，而何时结束，并不是她说了算。

她有些无聊，可又不能走，低着头掰手指玩，她的手指格外柔软，大拇指能往后弯出一个圆，她正好松手，便听到有一个清脆的女声在她耳边响起："哇。你好厉害呀！"

温毓抬头，就看到了和公主一样穿着洁白纱裙，戴着闪亮皇冠的宋寄安，她笑起来，眼睛里闪着璀璨的光，仿佛是一个天使。

宋寄安坐在她身边，将手里的蛋糕递给她："你叫什么？我好像从来没有见过你。"还没等温毓回答，她又连忙说，"啊，我叫宋寄安，你应该知道的吧？"

温毓抿了抿唇，声音有些轻，她听见自己说："温毓。"

"嗯？"宋寄安没有听清楚。

"我叫温毓。"她抬头，看入宋寄安的眼，"温毓。"

宋寄安又笑起来，眉眼弯弯的："阿毓，我叫你阿毓好不好？我们以后就是朋友啦！"

——我们以后就是朋友啦！

——我们不是朋友！

温毓从未想过，这句话会从宋寄安的口中说出。

心仿佛被撕开了一个口子，冷风呼呼地往里灌，整个身体都逐渐僵硬，房门内没有任何声响。

不会再像以前那样，有个人笑着开门挽住她的胳膊叫她阿毓。

她到底还是做错了啊……

如果一开始，一开始就把一切都说清楚，那么结局是不是会不一样？

莫叔在门口等她，见她魂不守舍，替她开了车门，她默默地坐了进去。开车前，莫叔还是问了一句："小姐，回家吗？"

温毓低低应了一声，只是车子开到半路的时候，她却忽然出声："莫叔，能停一下吗？"

莫叔不明所以，还是将车停在了路边。温毓让他留在车里，自己开了车门出来，稍微走远了两步，怔怔地站着。

尽管夏天太阳下山得晚，这会儿的天色也已经差不多全黑了，只有路灯的昏黄灯光。

莫叔从后视镜中看去，她正好站在路灯底下，灯光在她身上蒙上了一层光晕，明明很温暖，不知为何却显得那么悲伤。

毕竟天黑，这处又偏，莫叔还是轻轻下车，走到她身边，刚想叫她，声音却梗在了喉咙里，一句话都说不出来。

这个向来没什么表情的温家小姐，此时眼眶里有着闪烁的莫名的光斑，他不知道她在看着什么，她望着的方向分明黑漆漆一片，什么都没有。

他忽然就不想打扰她了，轻手轻脚地坐回了车里，只是还是下意识地从后视镜里看着她。她忽然笑了一下，缓缓地低下头，抬手在脸上轻轻蹭过。

莫叔吐出一口气，有些无奈地摇摇头，再怎么早熟，其实到底还只是一个十几岁的孩子。

他不过晃了一下神，车门已经被打开。温毓无声无息地坐了进来，声音有些微哑："莫叔，回家吧。"

尽管学校里闹得沸沸扬扬，温毓却像是什么都没有发生一样，第二天依旧去学校。

温岫在她上车之前拦住她："阿毓，真的不先在家休息两天？等这件事情过去了再……"

"马上就要期末考试了。"温毓顿了顿，又笑了下，抬头看向温岫，"杨从玦好不容易抓住这个把柄，我当然明白她不会轻易放手。可是如果我不去学校，我在别人的眼里，只会更加不堪而已。"

"阿毓……"

"我知道。大哥，我不转学，我不会认输的。"

温岫完全拿她没有办法，叹一声，抬手拍拍她的肩膀："有什么事情记得找大哥。"

"好。"温毓仰头看他一眼，笑了笑，只是笑意不及眼底。

论坛上的视频昨天就被温岫找人删掉了，可删掉视频并没有用，该看的人都已经看过了，论坛上甚至已经有了一个专门为她而开的贴子，有个爆料者一直在回复抹黑她，删都删不光，也不知道杨从玦什么时候演技那样好，一副楚楚可怜的样子让大家都有了保护欲。

所以学校里的言论愈演愈烈，甚至比昨天更加疯狂，昨天大家还只是背着她说而已，今天已经直接当着她的面面指指点点，声音故意放大，让她听到。

不过倒是没有人敢真正对她做什么，毕竟温家也是有头有脸，没人愿意为了别人的事情同她撕破脸皮。

温毓当他们是苍蝇，可有一只苍蝇的威力比那一群还要猛烈。

她实在忍不住，转过身去，咬牙切齿："你不觉得应该转学的是你吗？"

易文钦可怜巴巴地看她一眼："我是关心你啊……"

她长长地吐出一口气来，如果不是知道他的确是因为关心她，她早就一拳打过去了。忍了又忍，她说："那你能安静一点吗？我头疼。"

她一说头疼，易文钦立马不敢再说话，鼓着嘴一脸的委屈。

温毓转过去，刚想翻一会儿书，课桌前却忽然来了一个人。

这两天没有人敢和她说话，当然易文钦除外，她有些好奇，抬头一看，居然是郁砚。

郁砚犹豫了一下，拉她起来出去。

易文钦眼看着不对，连忙跟了上去。

温毓倒不觉得郁砚会伤害她，果然，将她拉到无人会经过的转角阳台之后，她便松了手。

易文钦率先挡在温毓面前："你想干什么？"

温毓抬手，推着他的脑袋将他推开："什么事？"

郁砚把自己手机拿出来，摆弄了一下之后递给温毓："你看一下这个。"

温毓接过，不明所以，低头看一眼手机屏幕，上面显示的是一个视频。

易文钦抢了过去点开看。

郁砚有些抱歉地低声说："温毓，对不起啊，我不是不想帮你……"

温毓已经听到了手机里传来的声音，是那天傍晚天台上的事情，之前论坛上的视频是无声版，而这个视频，是有声版。

郁砚怕她误会，继续解释："我只是觉得，之前还没到时间，所以我才到了现在给你的。"

温毓明白她话里是什么意思，站得越高，跌得越狠，如今杨从玦有多可怜，等这个视频被放出去之后她就会多惹人厌。

"我知道。郁砚，谢谢你。"

易文钦已经看完了视频，暗骂一声："小毓毓，这事儿就交给我了。可是寄安明明也在，你怎么不让她出面说清楚？"

温毓的神色有些许僵硬："我不想把她也卷进这件事情里，这个视频，把寄安那部分删掉再上传。"

"你真以为我傻呀！这次看我的吧！"易文钦挑挑眉，笑眯眯的。

温毓有些不放心，可易文钦下了保证，她也让他去做了，毕竟还能出什么差错。

易文钦欢天喜地跑了回去。温毓无奈地摇摇头，回身看到郁砚，连忙说："谢谢你。"

"其实我也有自己的私心，因为我也不喜欢杨从玦。"郁砚不好意思地笑了笑，"所以才让你多被骂了一天，是我要和你说对不起才是。"

她毫不隐藏自己的小心思，温毓却并不觉得反感，反倒觉得真诚。人原本就是自私的，怎么能要求旁人对你不求回报地付出？

视频是在下午被上传到学校论坛的，不知道易文钦找谁写的标题，言简意赅又直击要点，不过短短下课十分钟，点击量已经和之前那个无声视频差不多了。

杨从玦倒是还没发现，居然还敢在她面前演被欺凌的对话，她只觉得好笑，倒是要看看她能演成什么样子！

可惜易文钦没忍住，冷笑着说："看来有人还没去论坛上看过啊，啧，演技呢，到底还是敌不过证据的！当然你要是想演，我们……可不会奉陪！"

杨从玦脸色瞬间大变，慌忙跑回座位，看到视频之前她还有着侥幸心理，等听到声音……她差点就咬碎了牙。

温毓！温毓！温毓！

她紧紧地抓着手机，忽然下意识地看了周围一眼，那些盯着她的视线全都一一避开，仿佛是避开可怕的病毒。

老师已经到教室，杨从玦默默地低下了头，给李绪瑶发短信："怎么回事？论坛上怎么会有别的视频？那天难道不是就你拍了吗？"

李绪瑶很快回过来："我也不知道！从玦，这件事情和我没有关系，可是你提出来的！"

"你什么意思？要和我撇清关系？瑶瑶，我们不是朋友吗？"

"可是我怕我爸，要是我爸知道我就完了！反正我也就拍了视频，别的事情都没做，和我没有关系！"

杨从玦失笑："瑶瑶，你忘了我们之前一起做的事情了？这个时候撇清，你以为还有用？"

还没等到李绪瑶的回信，杨从玦忽然轻叫一声，捂着额头叫："是谁打我？"

教室里格外静谧，只有老师朗声道："是我，怎么了？"

杨从玦立即噤声，一句话都不敢说。

明扬的老师大部分都不会挑学生的毛病，毕竟大部分学生的家里都有钱有势惹不起，可教数学的这个林老师不同，有了些年纪，是领导从H中挖过来的，格外严厉，一直都将他们当作普通的学生，大家也最怕被抓到，他可是从不留情。

"玩手机？既然不想上课，那就出去！"林老师冷冷地说。

杨从玦再怎么不乐意，还是道歉："对不起，林老师，我不再犯了。"

"哼，要是再被我看到一次就出去！"

她已经够没面子，不想再被老师赶出教室，虽然乖乖听了一节课，可连他讲了什么都不知道，整个人浑浑噩噩的。

好不容易等到下课，杨从玦连忙去找李绪瑶，不想李绪瑶见到她就起身拉住另一边的女同学，说着话走远了。

杨从玦站在课桌和课桌的间隔中，周围的世界仿佛不停地在旋转，别人的声音一点一点地放大，他们一个个都在骂她，用最可怕的语言，就像当初，他们骂温毓一样。

她骤然握拳，转身大步来到温毓面前。

温毓抬头，面无表情地看着她。

杨从玦咬牙，声音从牙缝中挤出来："你开心了吗？他们都在骂我了！"

"骂你？那和我有什么关系？我凭什么要因为你开心？"温毓淡淡地勾了勾唇，"杨从玦，你未免太把自己当回事，你还没有那么大的能力，能影响我的情绪。"

"温毓！"她忽然尖叫。

所有在教室的学生全都一个一个把视线投了过来。

"你给我等着瞧，我不会这么容易就认输的！我不会！"

易文钦想出声，温毓挡住他，缓缓起身，与杨从玦平时，声音依旧冷静："杨从玦，我只是把你做过的，还给你而已。"说完，不管她可能会有的反应，转身就走。

只剩杨从玦一个人怔怔地站在原地，听到那些曾经和她一起骂温毓的"朋友"一句又一句说她的坏话。

"我就说温毓一向都不和人起矛盾的，怎么偏偏就打杨从玦，我看她是该打。"

"知人知面不知心呗，谁知道她演技那么好，把我们都给骗了！"

"你知不知道之前温毓被关冷冻车差点没命，听视频里的意思，这事儿就是杨从玦干的呢！"

"不会吧！她怎么这么恶毒，那可是一条人命啊！"

"算了算了，我们还是离她远一点吧，万一也被她想办法整，没命可就不好了。"

杨从玦的胸腔里忽然传出断续的声音，她就这样笑出声来，笑声在众人的低骂声中显得那么格格不入，她好像再也收不住笑容，跟跄着回到自己座位，一个下午都没有再抬起头。

放学的时候有不少同学过来向温毓道歉,一个个都说自己信错了杨从玦,让她不要放在心上。

易文钦从后面把脑袋探过来,压低声音在她耳边说:"小毓毓,你可别信他们的话,骂你的时候怎么不想想,有没有骂错人?"

温毓轻笑了一声没回他,她当然知道那些人的道歉里没有多少真心,不过只是为了少树一个敌人而已。

因为是别人的事情,所以可以不放在心上,所以可以随意谈论,只是因为,那一切都和自己无关。

她抬眼,神色微怔,晏怀先不知道从什么时候开始,一直望着她这个方向。

他们的视线相撞,一秒之后,温毓便决然地移开了眼神,晏怀先有些无奈地耸耸肩。

温毓收拾了一下书包准备回去,走到教室门口便看到了郁砚背着书包在原地转圈,似是无所事事。

见温毓出来,郁砚瞬间扬起唇角,笑着叫她:"阿毓,我们一起回家吧。"

跟在温毓身后的易文钦想说话,被温毓一脚踹过去便没了声响。

温毓点点头:"走吧。"

郁砚犹豫了一下,抬手抱住她的胳膊:"阿毓,你刚刚看到杨从玦的样子了吗?让她老是欺负你!"

温毓的身体有一瞬间的僵硬,眼神下意识地看向自己的胳膊。

郁砚自然察觉,连忙松开手,气氛不免就有些尴尬,她沉默了两秒:"我……"话音未落,她便看到自己的胳膊挎上了一只手。

郁砚缓缓抬眼,看向温毓。

温毓依旧是那张没什么表情的脸。

"我们走吧。"她说。

"好！"郁砚马上笑起来，跟着温毓大步往前走。

易文钦在原地停顿了两秒，哼了一声，这才不情不愿地跟了上去。

温毓没想到温岫会等她一起回家，在看到教学楼下等着的温岫时她微微怔愣。

温岫原本在车里等着，看到温毓才下车，绕过车头走到她面前："我和莫叔说过让他别过来接了，我送你回去。"

"这么闲？你今天没有约会？"温毓淡淡地问。

温岫笑得坦然："约会怎么比得上妹妹重要？"而后像是才看到她身边的郁砚，问一声，"这是……"

"我同……我朋友。"温毓说着下意识看了郁砚一眼，不想郁砚似是万分紧张，紧紧咬着唇，脸都涨得有些红。

"温，温先生，你好，我，我叫郁砚。"郁砚好不容易才挤出这几个字来。

温岫平常一向笑脸示人，学生大多不怕他，还总是喜欢和他开玩笑，倒是没想到郁砚会怕温岫。

"有车来接你吗？"温毓问她。

郁砚摇摇头："今天我没让司机过来。"

"那我们送你回去吧。"温毓说，随后看了温岫一眼，"没关系吧？"

"我亲爱的妹妹这么说了，怎么可能有关系啊？两位公主，上车吧。"温岫替她们打开后车门，让她们进去。

易文钦有些不满，也想跟进去。

温毓瞪他一眼："我看到你家的车了。"

郁砚家与温毓家是同一个方向，所以送起来也方便。

温毓一向不会说话，郁砚大概也是因为有温岫在不敢说话，车内便安静得有些可怕。温岫把音乐打开:"你们聊你们的,不要在意我。"

温毓并不是在意他,只是不知道能说什么,又尴尬了一会儿,她轻声说:"谢谢你。"

郁砚连忙摆手:"这其实和我没有什么关系啦,都是她自作自受。"

温岫在前面听到,说了一句:"我今天也看到论坛里的视频了,阿毓,干得漂亮。"

"是郁砚拍的视频。"

"是吗?"温岫从后视镜里看了她一眼,笑,"那可要好好谢谢她了啊。阿毓,找个时间请她吃顿饭如何?"

"要请也是我请,和你有什么关系。"

"你的事就是我的事。"温岫笑。

不过是说过就算的话而已,温毓也没当真。

车在郁砚家门口停下,和温毓告别之后,她才缓缓下车,还没到家她的手机就振动了一下。她连忙拿出来看一眼,随后紧紧握拳,重新将手机放回口袋。

郁墨正好出来,看到她在门口,笑着叫她一声:"小砚,你回来了?听说你没让司机去接?我还想去接你呢。"最近临近期末考试,美术课已经结束,郁墨便没有去学校。

郁砚没有抬眸,径直从她身边走过去,仿佛她根本就不存在一样。

"小砚!"郁墨叫她一声,"我知道你是为了什么,可是你得相信姐姐,我不会害你……"

郁砚脚步不停,郁墨看着她的背影,长长地叹了一口气。

第六章 终于不再是一个人

和往常一样的日子,却偏偏又有些不一般。

第二天杨从玦没有出现在学校,第三天,第四天……

直到期末考试那天,杨从玦也没有出现。

所有人都没有因为她的不在而有任何的变化,她课桌里的书也不知道什么时候被人拿走了,除却那一张空空荡荡的书桌,没有任何人记得杨从玦曾经也是这个班级的一分子。

就像曾经的顾璇一样。

就算只是期末考试,学校也把所有人的学号打乱重新排座位,温毓和郁砚正好被分在一个教室,郁砚过来和温毓一起去考场。

走在她们前面不远处是李绪瑶,正在和别人打闹,笑着。

郁砚冷哼一声:"以前李绪瑶和杨从玦关系最好了,现在杨从玦转学,你看她,就像什么事情都没有发生一样。也不知道她怎么还有勇气在这里待下去,她做的坏事可不比杨从玦少。"

温毓收回眼神,听到郁砚话里的重点:"杨从玦转学了?"

"是啊。"郁砚点头,"你不知道吗?大概是觉得没脸再来学校了吧。"

是吗?

偏偏同一考场的还有晏怀先，就坐在她的斜前方，一抬眼就能看到的地方。

好不容易结束了一场考试，温毓和郁砚一起去食堂吃午饭，她们动作慢，路上已经没什么人，郁砚有些抱歉："食堂现在肯定人满为患，都怪我动作慢……"

"没事。"温毓冲她笑笑。

郁砚便开心起来，拉着她说忘了自己作文究竟写了什么，就和当初的宋寄安一样，叽叽喳喳就像一只小鸟，从来都不会觉得疲倦。

别人总以为她冷淡，受不了旁人如此热闹，其实她最喜欢的就是这个瞬间，有人点亮她原本黑暗的房间，她终于不再是一个人。

郁砚的话忽然停下来，拉着她看向一旁："阿毓，你看，那不是晏怀先和李绪瑶吗？他们怎么在一起？"

她下意识地看过去，晏怀先双手插在裤子口袋里，没有站得很直，一脸无谓的样子格外欠揍，李绪瑶正在不停地说着什么，祈求的模样太容易惹人怜惜。

温毓收回眼神，根本不在意他们之间的任何事："与我无关，我们走吧。"

晏怀先已经看到了温毓，根本不管还在说话的李绪瑶，大步走过来，直接挡在温毓面前："这么巧？要不要一起吃午饭？"

"我可不想没有胃口。"温毓皮笑肉不笑。

李绪瑶追了上来，一把抓住了晏怀先的衣袖："你究竟还要我怎么求你？"

"求我干什么？"晏怀先抬手，将她的手甩掉，一点都不留情。

"不是你对我父母施压让我转学的吗？"李绪瑶咬着唇，吼道，"和

之前杨从玦一样的手法,她明明说绝对不要转学的。"

温毓皱了皱眉,看了晏怀先一眼。

晏怀先浅浅地勾了勾唇:"你难道不知道,做错事是需要受到惩罚的吗?"

"你明明就只是为了她!"李绪瑶抬手,指着温毓,"为了她!"

"是又如何?"

温毓拉了一下郁砚:"我们走吧。"

还没走两步,晏怀先已经赶上来,揽住温毓的胳膊将她带到自己身旁:"你先去,我和温毓有话要说。"

郁砚迟疑不定。

温毓深深叹息:"我马上过来,你先去吧。"说完,抬手,打掉晏怀先的胳膊,"什么话?"

晏怀先看了李绪瑶一眼。李绪瑶满眼愤怒,却依旧不得不走开,她不敢得罪晏怀先。

"既然你不说,那我先说。"温毓道,"我的事请你不要随便参与。"

"不要随便参与?"晏怀先的咬字重音在"随便"两个字上,"那就是说我可以认真参与了?"

"你……"

晏怀先忽然抬手,食指和中指点在她的眉心:"和宋寄安吵架了?"

"与你无关。"她别开头,没有好气。

"明明和我有关,所以你连带着在生我的气,不是吗?"

他事不关己,自然无所谓。

可她不同。

"既然你知道,又何必问?"

晏怀先低头,看入她的眼里:"你也应该知道原因,不是吗?"

温毓不喜欢他这么赤裸裸又毫不掩饰的眼神,不知为何心里有些慌乱，想要转过头，可他抓住她的下巴，让她不得不看他。

"我对宋寄安一点兴趣都没有，我想我应该从来都没有让任何人误解。"

温毓抿着唇，一句话都不说。

"既然如此，她的无法接受又和我有什么关系？"

"因为，她是我的朋友。"温毓终于出声，声音哑得不像话，"你根本不懂。"

"是，我不懂。"晏怀先顿了顿，继续说，"我有一边和她不清不楚，一边又来招惹你吗？"

温毓差点就要迷失在他深海一般的眼里，手骤然握成拳，往后退了一步："可是，我不喜欢你的招惹……"

已经那么复杂的世界里，她不想他再进来插一脚，她有太多的事情要做，容不得她再分心。

"所以，请你不要再来招惹我。"她一字一顿，说得清楚明白，而后再不看他的眼神，转身匆匆走开。

食堂里郁砚已经占好了位置在等，连午饭都已经帮她买好，见她出现在门口，连忙招手呼唤："阿毓，我在这里。"

温毓循着声音看过去，身形忽然一僵，食堂那么大，人又那么多，偏偏郁砚占的座位隔壁，就坐着宋寄安。

因为郁砚的大嗓门，宋寄安也抬起头来，正看着她这个方向。

莫名地，仿佛所有的声音都逐渐消散，温毓缓缓勾了勾唇角，那么多的无奈和可惜。

她终于重新迈步，缓缓走进去，坐下来，而后对着隔壁已经把头低下去的宋寄安叫了一声："寄安。"

宋寄安大概格外诧异她会叫自己，愣了一下，抬头瞥她一眼。

温毓又轻轻笑了下:"考试顺利。"

宋寄安有些莫名,瞪她一眼,也没有吃饭的心情,拿着餐盘就先走开了。

郁砚从自己碗里夹了一块肉给温毓:"你太瘦啦,多吃点。"见她吃了,又小心翼翼地问,"阿毓,你和宋寄安是不是因为之前杨从玦的事情吵架了?"

温毓轻应一声,没有多说。

好一会儿,郁砚才继续说道:"我觉得她肯定是误会你了,你们还是把事情说清楚吧,以前你们不是最要好了吗?"

"嗯,我知道。"温毓抬头,笑,"谢谢你。"

郁砚不好意思地咬了咬筷子:"虽然我很希望和你最要好的只有我一个人,可是我不能让你只有我一个朋友呀。"

温毓轻轻地笑了声,她又何尝不希望自己与宋寄安能恢复从前。

可是她们之间并不是杨从玦的问题,归根结底是因为晏怀先,只要宋寄安喜欢他一日,只要他纠缠自己一日,那她们之间的结便一直都不会解开。

尽管考试前出了那些乱七八糟的事情,期末考试依旧顺利结束,成绩很快就出来了,比期中考试时的分数更好了一些,只是让她无比介意的是,晏怀先的分数又是那个扎眼的520。

暑假期间,学校的夏令营是去国外游学,说是游学,其实不过是游玩而已,温毓自然对这些事情毫不关心。

所以在温岫说服她一起去的时候,她格外不解:"大哥,你也知道我不喜欢这些的。"

"晏怀先也会去。"温岫无奈地耸耸肩,"这是爸的决定,已经给你报名了。"

"大哥!"温毓再也坐不住,猛地站了起来。

温岫抬手,扶住她的肩膀,低头看她:"阿毓,有些事情你还是顺着他一些比较好,虽然我也不知道你为什么非要留在明扬不可,但既然决定了,那件事情就不是你能做主的了,你不是应该早就有觉悟了吗?"

温毓深吸一口气,有些无力地坐了回去:"那是不是晏怀先不去的话,我也可以不去了?"

温岫笑:"如果你能说服他的话。"他只当她是在开玩笑。

温毓在窗前来来回回走了十几遍,终于开始拿起手机给晏怀先打了一个电话:"我有事和你说。"

"这么巧?我也刚好有话想要和你说。"

"我先说。"

"这么急干什么?我来接你。"

"我想说的事情,在电话里就能说清楚。"

"可惜我的事情不能,等我二十分钟,到了给你电话。"说罢,不管温毓是否还有别的话要说,晏怀先径直挂了电话。

听着电话那头"嘟嘟嘟"的忙音,温毓长长地呼出一口气米,算了,怎么说都是她有求于他。

已经过了十九分钟,温毓的视线从手表上移开,刚刚笑了一下,手机铃声便霎时响起。

她拿起手机,没有立即接起电话,而是又看了一下手表,刚刚好二十分钟,一分不多,一分不少。

她抿抿唇,接起来。

"我在你家门口。"

温毓挂了电话，下楼，正好遇到温岫。

"这么热你还出门？"

"嗯，我有事出去一下。"

温岫跟着她来到门口才看到了晏怀先的车，忍不住苦笑一声："你还真是……"

"那我先出去了。"

"去吧。"

正是炎夏，日头很猛，刚出了大门便觉一阵热气迎面扑来，司机给她开了车门，车里的温度正好适宜。

车子开出去，温毓不知道目的地："我们去哪里？"

"你想和我说什么？"晏怀先不答反问。

温毓沉默了两秒："听说你要去夏令营？"

"怎么？这么关心我的事情？我是不是应该觉得开心？"

"你……"她顿了顿，"能不能不要去？"

"舍不得我的话，一起去大概更好吧？"

"晏怀先！"温毓没忍住，提高了一些音量，随即看到司机从后视镜扫了一眼，将声音调低，"你明知道如果你去的话，那我也会被逼着一起去。"

"所以，你不想去？"

温毓给他一个你明知故问的眼神。

晏怀先靠着座椅，忽然冲着她张开手臂，温毓有些莫名其妙，皱了皱眉。

"怎么？连一个拥抱都不给，就想让我放弃夏令营？"晏怀先眯眼笑着，像是一只狡黠的狐狸。

温毓咬牙切齿:"晏怀先!"

"嗯?"他笑,手臂已经张开。

温毓僵直着,一点动作的意思都没有。

晏怀先蓦地坐直,而后凑近她,在她耳边低声说:"分明是你说不要去招惹你,那这次,又要怎么算?"

耳边是晏怀先呼出的热气,温毓下意识地缩了缩脖子,往后靠靠,正色:"是我打扰你了。既然如此就不麻烦你,停车吧,让我下去。"

"就这么急?"晏怀先笑了笑,不知道从哪里拿出一沓文件,扔进她怀里,"我想说的,还没来得及说呢。"

温毓随意看了一眼怀里的文件,下一秒就握紧了拳,蓦地抬头:"你调查我?"

"有些事情,你不想说,那我就只能用我自己的办法去了解。"晏怀先似是无奈的样子。

那些文件是她以前在孤儿院的资料,里面有她和顾璇的全部过往,甚至连她被收养的资料都在,不知道晏怀先是从哪里找来的,温家分明把这件事情护得很严实。

"还有没有别人知道?"温毓冷着脸问。

"怎么?见不得人?"

"我问你有没有别人知道。"温毓咬牙,又说一遍。

车子忽然停下,晏怀先的声音也随之响起:"关于你的事情,我还不会拿去和别人分享。"

温毓别开脸,看向窗外,这才发现晏怀先带她来的地方,竟然是她小时候住过的孤儿院。

孤儿院早就已经没了人,她们离开之后不久就被一场莫名的大火烧光了一切,此时不过是一处荒园,温毓曾经来过一次,发现这里早没了回忆里的样子之后就再也没有来过了。

所以温毓一直以为不会有别人知晓她和顾璇的关系，毕竟那些过往早就被埋葬那场大火中了。

大概是看出温毓的疑惑，晏怀先的声音缓缓响起："没有什么事会永远都被掩埋的。"

温毓没有说话，双手紧紧地抓着文件，边缘都被她捏得皱起来，她闭了闭眼睛，而后抬手打开车门，径直下车。

这里和她记忆中的那个地方有着千差万别的不一样，那栋满是爬山虎的房子只剩下一堆废墟，院子角落那片不大的樱花林此时也成了一堆破败的枝干，没了任何生命的痕迹。

地上是无数不在的废石和枯草，温毓一步一步走进去，直到来到楼前那两级依旧存在的阶梯前。

温毓还记得，她被温家接走那日的天气不是太好，乌云密布，一阵又一阵地打着闷雷，她就站在那级台阶上不肯走，静静地看着走在前面的温历满脸疑惑地转过头来。

她说："如果只有我一个人的话，我不会走的。"

温历等着她说完。

"我的妹妹，我还有个妹妹，她要和我一起走。"

温历皱了皱眉，身边的秘书便凑上去和他轻声说话。

他的表情不是很好，不过还是让院长把顾璇带了出来。

顾璇左脸的胎记格外明显，她有些认生，但还记得院长叮嘱的话，扬起唇来笑了笑，只是这笑容让她的脸显得更加可怖。

温历的眉心皱得更紧，嘴巴动了动不知道说了什么。

温毓伸出手去，握住了站在她身边的顾璇那双微微颤抖着的小手："我不会留下你一个人在这里的。"

顾璇用力地点点头。

温历缓缓上前，微微矮身，声音低沉："你要知道，你们两个，我可以选择一个都不带走。"

温毓扬着下巴："好，那我们就一起留下来。"

可是最终，温历还是同意了温毓的要求，把顾璇也一起带上了车。

温毓记得顾璇那张欣喜的脸，她咧着嘴笑道："姐姐，我们不用分开了。"

看着顾璇的笑，温毓也忍不住扯了扯唇角，拍拍她的手："嗯，我们不会分开的。"

车子开出去没有多久，便下起了倾盆大雨，或许是因为安下心来，温毓和顾璇头抵着头，靠在一起睡了过去。

温毓是被一阵响雷惊醒的，她浑身一颤，下意识地去看身边的顾璇。可是身旁只有温历，正襟危坐，微闭着眼睛一动不动。

她一把抓住温历的袖子："我妹妹呢？我妹妹在哪里？"

温历睁开眼睛，无比残忍的话从他嘴里浅浅淡淡地说出来："温家从来不养没用的人。"

"停车！你把我妹妹弄到哪里去了？"她抓着他笔挺的衣服，他却不为所动，她起身站在车座上，从车窗往后看去，雨水让她的视线变得模糊不清，可她依旧隐约看到了路边有个小小的身影。

她叫："停车，停车！我不去！我不走！停车！"

她跳下去往前去拉司机的袖子，不过下一秒就被温历一把抓住固定在座椅上。他靠近，声音没什么起伏，像极了这个世界上最可怕的恶魔："我不是慈善家，商人只会做对自己有利的事情。"

温毓深深喘一口气，蓦地闭上眼睛，大雨里顾璇那个小小的身影让她记了十几年，在她来到温家之后的每一个夜晚，她总会梦到那个可怜的，被丢弃在路边的小女孩。

脸上忽然传来异样温暖的触感，她浑身颤了一下，猛然睁眼。

晏怀先不知道什么时候就站在她的面前，手还尴尬地停留在半空中。

温毓的眉心微蹙，有些不自然地侧过脸，抬手蹭去脸上不知何时出现的眼泪。

"我帮你。"他第二次说这句话，云淡风轻的声音缓缓传来，像是在说一件多么轻松的事情。

温毓低头看着文件上自己儿时的照片，和现在仿佛并没有多大的变化，可是她知道变了，变的不是那张脸，是那颗早已经千疮百孔的心。

她缓缓抬起头："你想要什么？"

晏怀先忽然笑了一下："我想要什么，你都能给？"

温毓瞬间冷了脸，转身就走，还没走上两步，她便被晏怀先拉住胳膊，被迫转身面对他。

她想甩开他的手，他却故意用了力气，让她没办法脱困。

她冷笑一声："是啊，你又不是慈善家。放手！"

"我不放又怎样？"他耍赖，往她面前靠近一步，"温毓，我想要的是什么，你还没听完。"他的话刚刚说完，便又往前一步，张开手臂将她揽进了怀里。

温毓一怔之后便开始挣扎："晏怀先，你干什么！放开我！"

晏怀先用了力气，她根本挣不开，侧脸被迫贴着他的胸口，这样的近距离让她觉得浑身尴尬，刚想抬脚踩向他，他的声音却在头顶响起："温毓，我只是希望你能信任我。"

温毓愣了愣，忘了自己刚刚想要干什么。

他握着她的肩膀，低头看着她，一字一顿地说："相信我会帮你。"

温毓看向他的眼睛，他们离得这样近，她甚至能从他的眼中看到自

己那张微微怔愣的脸。

在此之前,她其实从未真正相信过任何一个人。

无论是每一句言语,还是每一个动作,抑或是每一个表情。

真真假假,每个人都戴着一副面具,她亦然。

可是这一刻,她看入他的双眼,有那么一瞬间,她忽然觉得,或许这个世界上,并不是所有的人都是不可信的。

至少,至少现在,他的眼神那样真挚,盛着他满满的真心。

晏怀先握住她的一只手展开,而后从口袋里拿出一个熟悉的盒子,放进她的手心:"我给你时间,一个暑假够不够?如果你愿意相信我,下个学期把它戴上。"

温毓没有打开,可是她知道里面是什么,应该就是那条被她还回去的项链。

她低头,盯着那个盒子看了一阵,想还回去,却被晏怀先握住。

她抬眼看他,他笑了笑:"这么快就做出决定,你是真的想清楚了?"

温毓抿抿唇,手便僵在了半道,尴尴尬尬的。

温毓不是不相信他。是不敢相信他,也不知道该怎么相信他。

而撇去相不相信的问题,温毓更在意的是他们与宋寄安的关系。

明知道只要她与晏怀先接近一日,宋寄安便永远无法释怀,她们之间的关系就永远没有可能好转,温毓便无法让自己去靠近他。

"如果你在意的仅仅只是宋寄安,我认为并没有必要因此而放弃我。"

温毓抬眼看他,刚想反驳,他已经继续说道:"不要这样看着我,我并不是逼你二选一。或许我并不理解你所谓的友情，但如果你实在在意，这件事情你可以交给我。"说完，不知为何有些别扭，向来都是别人顺应他，哪里有他去理解别人的时候了。

温毓似乎一时之间并不能理解他话里的意思。

"交给你？"

"是，交给我。既然是因我而起，那这件事情也应该由我来解决。"

温毓撇了撇嘴，忽然低声说："之前是谁说她的无法接受和你没有关系。"

晏怀先被她的话哽了哽："所以我可以继续置身事外？"

温毓咬唇："不，你……"

她还没说完，晏怀先已经接话："我给你一个暑假的时间，温毓，我想时间已经够长，足够你做出你认为正确的选择？对吗？如果你需要我的帮助，开学那天，把它戴上，如果你放弃了，把它还给我。温毓，我不会再纠缠你。"

温毓低头，许久之后才点头："好。"

所谓的夏令营，晏怀先没有去，温毓自然也就没有出行。

整个暑期她都没有再见到晏怀先，只有那条项链提醒着她，一切都还没有结束，她还没有做出选择。

因为温历对她不出门颇有怨言，她干脆报了英语班，每日早出晚回，眼不见为净。

高一下半学期的时候已经选了文理，温毓的文理成绩较为平均，自然选了理科。

晏怀先也选的理科，她并没有刻意打听，只是总有人会谈论起，她想不知道都不行。

分班还没有确定，温毓并没有抱着侥幸会和晏怀先不在一个班级，温历大概不会允许这种事情的发生。

多么可笑，别的父母对于早恋避之如虎，而温历却巴不得她和晏怀先的关系越近越好。

暑假快结束的时候，夏令营结束回来的郁砚打电话约她出去玩，还说给她带了礼物。温毓没有拒绝，收拾了下就打算出门。

在楼下遇见了刚从温历书房出来的温岫，温岫倒是有些好奇："怎么？又要去英语班？"

温毓应声："英语班已经结束了，你还记得之前送过的郁砚吗？我和她约了。"

"哦……"温岫想了想，忽然走过来，"我送你去吧，顺便请你们吃个饭。"

"嗯？"温毓有些不解。

温岫笑："你忘了？之前我说过的，她帮了你，我要请她吃饭的。我可不是那种言而无信的人。"

温毓点点头，说了声好。

温岫的确不是言而无信的人，相反，只要是他答应的事情，从未有一次食言过。

"郁砚。"温毓到咖啡馆的时候，郁砚已经等了一会儿了。

郁砚回过头来，看到站在温毓身后的温岫，脸上的表情有一瞬间的怔愣。

温毓上前："上次我大哥不是说要请我们吃饭的？这次就让他请客，走吧，挑家贵的店。"

温岫忍不住笑："你就知道敲诈我。"

等坐下来，郁砚依旧有些呆呆的，也不怎么敢抬头，大概是真的怕温岫。

温毓自然看出来了："大哥，你没什么事儿吗？要不把钱留下，人就走吧？"

"还问我有什么事，分明就是要赶我走，我啊，就和钱包一个用处。"温岫摇头失笑，"你们先点，我约了人在附近，马上走的，不会打扰你们。"

温毓说好，想了想："就是未来的大嫂？"

"嗯。"温岫显然不想多说。

温毓抿抿唇，也就没有继续问下去。

温岫果然在他们点好菜之后就先走，临走还留了一张卡："等下要是想买什么也刷卡，不用替我省。"实在是好哥哥的典范。

等温岫走了，郁砚依旧有些恍惚，温毓有些后悔让温岫也一起过来了。"对不起，我不该让我大哥过来的……"

郁砚摇头，尴尬地笑笑："没什么，我就是有点怕老师，我先去一下洗手间，马上就回来。"

温毓看着她匆匆跑远，有些无奈，心想要是温岫知道居然还有人会怕他，不知道会是什么反应。

郁砚很快就回来了，不知为何眼睛有些红红的，她从包里拿出一个水晶相框："送你的礼物，也不知道你喜欢什么。"

"谢谢你啊。"温毓接过，指指她的眼睛，"你的眼睛怎么了？"

"啊？没什么，这两天没睡好，眼睛有些难受。"

点的菜陆续上来，郁砚总算逐渐恢复以往的活力，一刻不停地说着在夏令营遇到的趣事。

"阿毓，其实还挺好玩的，你没去太可惜了。你报了名，我一直以为你会去呢，没想到上了飞机才知道你和晏怀先都没来。"

提到晏怀先,温毓不免又想起他给她的时间。

暑假居然也快过去了,而她的答案,究竟是什么?

她自己也不知道。

她独自一个人太久,已经忘了有人站在她身边的感觉。

开学第一天,是温岫顺路送她去的。

温岫的婚期已经定下来,秋天就会先订婚,暑假里温毓第一次见到自己未来的大嫂,长得不错,身材也好,冷冷的不怎么笑,也看不出有多喜欢温岫。

倒是温岫一直淡淡地笑着,等人走了还问温毓:"你觉得怎么样?"

"我觉得怎么样重要吗?"温毓反问,"你觉得怎么样才是重要的吧?"

温岫无所谓地笑笑:"挺好的,长得好看,也不是那种惹人烦的,家里也好,我能有什么不满意的?"

"那你喜欢吗?"她问。

"喜欢?"温岫笑笑没有回答她。

温毓,也就没有再问。

毕竟问题的答案那样明显。

温毓和温岫一起从停车场往教学楼而去,温岫忽然停了脚步:"你先去吧,我有东西落在车里了。"

温毓率先走了,不巧正好看到晏怀先的车从校门口开进来,她下意识地加快了脚步,想了想,似乎没什么可躲的,又放慢了速度。

"温毓。"有人叫她,声音有些莫名的熟悉。

她回身去看,没想到会是杨从玦。

杨从玦气色很差,妆也没化,黑眼圈格外深,脸色沉着,唇边带着一抹奇怪的笑。

"你怎么来了?"温毓淡淡开口,"不是转学了?"

"转学?"杨从玦咬牙切齿,"转去精神病院吗?"

"精神病院?"

"别一副什么都不知道的样子,真恶心!"杨从玦呸一声,"都是因为你,如果你没来明扬,一切都是好好的,我不会变成现在这个样子,温毓,你该死,你该死!"

她忽然抬起胳膊,手里握着的是一把水果刀,在阳光下散发着刺眼的光芒,她就这样笑着冲了上来。

温毓知道自己要躲,可不知道为什么,那一瞬间就好像是被点了穴一般,她无论如何都动不了。

刀尖上的光芒越来越刺眼,也越来越近,而后,忽然在空中停止。

她缓过神来,这才发现晏怀先不知道什么时候已经站在她面前,抓住了杨从玦要刺下来的手。

很快有人冲上来,把叫着吵着闹着的杨从玦带走了。

温毓看着她被人拖走,她眼中的痛恨那样刺眼。

"你在想什么?有刀过来也不会躲?"晏怀先回身,抓住她消瘦的双肩,忍不住说道。

温毓抿抿唇,没有说话。

晏怀先还想说什么,话却被堵在了喉咙里,他看到了她脖间那串熟悉的项链,阳光照射着,那样的灿烂。

他一愣,忽然笑:"走吧,没受伤就好。"

她没动,忽然抬头看着他,问:"杨从玦去精神病院的事情,是你做的?"

"是。"晏怀先格外坦然,"她有病,所以去医院,不是很正常?"

温毓没有说话。

"所以你要为了这件事……"

温毓忽然说:"谢谢你。"

"嗯?"

"怎么?还想听第二遍,可我不想再说第二遍了。"温毓转过身去,大步往前走。

"为什么会忽然改变主意?"午饭过后,晏怀先跟着温毓来到了天台,与她比肩而立,侧头看她。

温毓没有回答他的问题,只是往前站了一步,往下看去,四层的教学楼不算高,楼下走过的人都一一看得很清楚。

"那天,她就是从这里掉下去的。"她说,"我是说顾璇。"

"期末考试之后?"

"是,就像你知道的那样,她是我的双胞胎妹妹,我找了她许多年,终于找到她。可她不信,不信我说的一切。那个晚上,她说想要见我,说有事要和我说,说她看到了我和她小时候的合影。可是,我好不容易来到这里,看到的却是她摔落在我的眼前,那个害死她的凶手消失无踪,连她也不知踪迹,你说,"温毓侧身,抬头,看向晏怀先,眼里不知何时已经盛满了泪水,"你说,晏怀先,我……"

她字不成句,已经说不出之后的话。

晏怀先抬手,握住她的肩膀,用力:"我知道,你说的,我都明白了。我会帮你,只要你相信我。"

温毓抿抿唇,还没说话,天台的铁门外忽然传来一阵响动。

晏怀先皱了皱眉,率先大步过去将门推开。

温毓随后跟上,门的那头是一脸不知所措的郁砚。

"郁砚……"

"阿毓,我看你不在教室,就想你是不是到这里来了,所以来找你,我不是故意要偷听你们说话的,"她有些焦急,"只是我正好听到阿璇的名字,有些好奇,所以多听了几句,对不起,阿毓……"

温毓艰难地笑着应一声,看向晏怀先:"你能先下去吗?我有话要和郁砚说。"

等晏怀先离开,温毓才说:"郁砚,这件事情,我和顾璇是姐妹的这件事情,你可以不要和别人说?"

郁砚连连点头:"我知道,我不会和别人说的。"顿了顿,"只是如果不是你说,我真的想不到,你们……"

"我和她五岁就分开了,其实我和她长得很像,如果不是因为她的胎记。"温毓苦笑了一下。

"嗯,她们总叫阿璇丑八怪,可是我知道她不丑,另外那半边脸其实很漂亮的,就和你一样。"郁砚说,"所以你特意转学到明扬,是为了找失踪的阿璇吗?"

"是。那天在这里,分明就是有人把她推下去。我一定会,一定会把那个人,找出来。"

郁砚沉默了几秒,握住她的手:"阿毓,我会帮你的。"

温毓终于露出一个笑来:"谢谢你,郁砚。"

宋寄安从厕所出来的时候正好撞见温毓和郁砚走在一起,冷哼一声就快步走开了,只是不想转了个弯就遇上了晏怀先。

她的步子顿了顿,想说些什么,却又呼出一口气来,低头想从他身边绕过去。

"宋寄安。"他却忽然叫她。

她的脚步挺住,似乎是有些不敢置信,可他已经转过身来面对她。

"我有话想和你说,有空吗?"

宋寄安连连点头:"好,我有空。"

晏怀先率先走开,她连忙跟上去,抬手抚了抚胸口,不知为何有些紧张。

楼梯的转角此时无人经过,晏怀先微微靠在扶手上,抬头看她:"我知道你喜欢我。"直截了当。

宋寄安咬咬唇,有些尴尬,想了想又忍不住:"是,这不是什么秘密,阿先,我一直很喜欢你,可是我到底有哪里不好,你……"

"你没有哪里不好。"

宋寄安的笑容还没有露出来,他已经继续说道:"可是对不起,我从来都没有喜欢过你,而且我也相信,我从来就没有给过你任何暗示和错觉。"

"阿先……"宋寄安拧着眉,眼里湿漉漉的,委委屈屈地叫他的名字,"为什么,是因为温毓吗?因为她来了,所以你才……"

"不是,和温毓没有关系。就算她从来没到明扬,我也不会喜欢你。"晏怀先说,"温毓很珍惜和你的友情,我以为你也一样。"

"是,我是很喜欢阿毓,阿毓和她们都不一样,她身边从来都没有别的朋友,所以我想对她好,以为我们可以做一辈子朋友的。可是阿先,你为什么要喜欢她,为什么偏偏要喜欢她……"宋寄安想去抓他的衣袖,可最终还是无力地垂下了自己的双手,"而且,现在她已经有了别的朋友,大概比我更好,她肯定已经足够讨厌我……"

晏怀先略微沉默,说:"我相信,对她而言,你是独一无二的。她从来都不想伤害你,也从来都是以你为先。"

"你喜欢她,你当然替她说话。"

"时间会证明一切,你要不要等着看以后?"

宋寄安握着拳,好一会儿,终于憋出一句话:"我真的,真的一点机会都没有?"

"对不起。"晏怀先转身走了两步,又说,"这件事情上,是我第一次也是最后一次和你说这三个字。"

等晏怀先消失在视野,宋寄安终于忍不住,蹲下身来,脸埋进双膝,呜咽。她也不知道,事情为什么会变成这样。

如果她想要反悔,是不是已经来不及?

第七章 永远都不会喜欢他

温毓难得周末也会去学校,学校里人不多,她倒是有些不习惯。

她是同郁砚一起来的,郁砚高一住校了一段时间,后来住的时间越来越少,到现在她已经基本不住,她不想把东西放在宿舍,就拉着温毓陪她去收拾一下。

周末宿舍里也没人,空空荡荡又冷冷清清,宿舍里原本就有一张床是空着的。

温毓忍不住多看了几眼,问:"郁砚,这是阿璇睡过的床吗?"

郁砚手里的动作停了停,应声:"是,那个时候我也没想到,以后会见不到她了。阿璇她不怎么说话,就算被她们欺负也不会吵,总是一个人默默躲起来,我一直都很后悔,要是那个时候对她更好一点就好了。"

温毓没有说话,只是缓缓坐下来,像是她还在一样。

郁砚剩着的东西不多,没过一会儿就收拾完了,她正在理床头的东西,忽然看到什么东西,惊叫一声:"阿毓,你快来看,这是什么?是你的吗?"

温毓起身,走过去看。

郁砚坐在床上,把手里的照片给温毓。

温毓刚刚接过就浑身僵住。

是那张照片。

顾璇口中提起过的，那张小时候的合影。

温毓和顾璇不过五岁，站在孤儿院的门口，肩并着肩，头靠着头，脸上都带着笑。

温毓捏着照片的力气不由得变大，照片变得褶皱。她知道，这就是顾璇提起过的，那张照片，那张在顾璇失踪之后，同时消失不见的照片。

可是这张照片怎么会出现在这里？

如果是落在宿舍里，那也应该是在顾璇的床位附近，怎么可能会在郁砚的床头？

郁砚抬头，说："阿毓，照片应该是从上面掉下来的。"

"上面床铺睡的是谁？"

"夏小满。"郁砚说，"上面是夏小满。"

温毓忍不住一把抓住她："夏小满？你有她电话吗？"

郁砚摇摇头："没有，她家里条件不好，没有手机，我和她也不是很熟，所以不知道她家里电话。"说着顿了顿，"阿毓，怎么了？你怀疑，是夏小满？"

"我不知道，所以我要找到她问清楚。这张照片既然在她那里，那她肯定是知道些什么，或者说这件事情肯定和她有关。"

郁砚歪着头想了会儿，忽然问："阿璇失踪的那天，是哪一天啊？"

"期末考试的最后一天。"

"啊那天，我忽然记起来，那天正好是期末考试的最后一天，我爸有事就晚来了一会儿，可是那天宿舍里一个人都没有，我还觉得奇怪呢，我要走的时候才看到夏小满跑回来，匆匆忙忙的，我叫她她也没理我，还以为她怎么了。"郁砚说，"难道真的和她有关吗？"

温毓咬着唇，没有说话。

郁砚拍拍她的肩膀："你别想太多，反正等周一就能见到她的，到时候就什么都知道了。"

温毓有些等不急，可的确也没有什么别的办法，毕竟就两天而已，她这么多年都等了，两天有什么等不到的。

可是温毓没想到，不过两天也会出变故。

周一夏小满并没有出现在学校。

郁砚跑过来把温毓拉出去："阿毓，你知道吗？夏小满跳楼了！"

"什么？"

"我也是才听到的消息，说是昨天晚上的事情。"郁砚一脸后怕，"就在学校，你说的阿璇摔下楼的地方。现在好像在医院，应该还没醒过来。"

这么巧，又这么蹊跷。

放学之后温毓去了一趟医院。夏小满躺在重症病房，脸上是氧气面罩，眼睛紧闭着，一点反应都没有。

在外面守着的是夏小满的母亲，四十几岁的人看起来像是六十几岁，满脸蜡黄，见到她好不容易笑了笑。

"同学，你是我们小满的同学吗？"

温毓应一声，问："她怎么会突然……"

"小满在明扬其实一直都不开心，说过几次不想再留在明扬了，是我不好，从来没听过她的话，所以才会……"夏妈妈格外自责，"明扬是因为她的成绩特招她进去的，那么好的学校，还不用学费，要是不读了，我是担心小满的未来啊，早知道会变成这样，我……"

温毓有太多话想要问，可见夏妈妈满脸的泪水，忽然什么话都问不出口了。

她沉默着，站在玻璃窗外，静静地看着夏小满，无力感从四肢百骸涌上来。

为什么，为什么每次都是这样，每次都是这样功亏一篑？

她想要的那么简单，不过是想找回她丢失掉的妹妹，想找回那个被掩埋的真相而已，为什么这样难？

温毓想要走，夏妈妈却忽然叫住了她："同学，你们班里，有个叫温毓的人吗？"

她步子一顿，回身："怎么了？"

夏妈妈起身，从口袋里拿出一封被捏得皱巴巴的信："这是我们小满一直捏在手里的东西，上面写着给温毓，你如果认识，帮我给她吧。"

"是，我认识。"温毓说，伸手，将那封信接过来。

白色的信封上是两个秀气的字，边角上沾了已经干涸的血迹，温毓的呼吸微微一滞，眼前一阵黑。

她深吸一口气，握紧："好，谢谢阿姨。"

坐在车里，温毓将信封打开，里面是简简单单一页纸，字并不多。

"温毓，你就是顾璇提过的姐姐，对吧？对不起，我还是没有办法面对你，也没有办法面对顾璇。关于顾璇，除了对不起，我能说的还是对不起……我不是故意的，只是我和她都是因为成绩特招进来，她一直压我一头，如果那次期末考试我依旧是第二名，我没有办法向学校交代……我不过是和她争吵了一下，我真的没想到她会摔下去。我错了，我知道我错了，所以我应该受到惩罚……"

温毓猛地将信纸捏成一团，大口地喘气。

字字句句情真意切，让她不得不相信。

可她没有那么蠢，如果一切都只是夏小满的问题，那顾璇究竟去了哪里？

这只是开端而已，并不是终结。

"小姐?"莫叔轻轻叫她,"回家吗?"

温毓应了一声,而后又改口:"莫叔,去一趟晏家。"

晏怀先并不知道她来,所以还没到家,招待温毓的是晏怀先的母亲。

关于晏家的家务事,温毓也有所耳闻。

晏怀先的亲母在他儿时就已然去世,而现在这个所谓的母亲却是他的亲阿姨,晏怀先和这个继母关系并不好是所有人都知道的事情。

温毓见晏怀先不在,就想要走,可晏夫人却格外热情,拉着她不肯放:"阿先过一会儿肯定就马上回来了,你既然都来了,稍微等一下就能见到他,也省得白走一趟。"说着还招呼人给她倒饮料送水果。

温毓没有办法,只好在沙发上坐下来,只是如坐针毡。

晏夫人就坐在她身边,笑意盈盈:"快吃点水果。你叫温毓是吧?你可是除了寄安头一次来家里的女孩子,和我们阿先一个班的?"

温毓礼貌地点头:"阿姨,我看晏怀先没那么快回来,我就先……"

"急什么呀。"晏夫人笑,"难得来个人能和我说说话,可别这么急着走。你和阿先关系不错吗?"

"还可以……"

"哦对,你就是温家的小姑娘对吧?我们老爷中意的就是你了,好孩子,挺好的……"

温毓越发尴尬,实在坐不下去,刚想要走,门口已经传来熟悉的脚步声。

晏怀先走得很快,不过几步就已经走到她的面前,挡在她与晏夫人的中间。

晏夫人笑着的脸不觉就有些僵硬,叫了一声:"阿先,你回来了,我……"

晏怀先没有理她，直接转身抓住温毓的手腕："走。"

温毓跟着他跌跌撞撞往楼上走，直到消失在晏夫人的视野里，她才甩开他的手："晏怀先，你抓疼我了。"

晏怀先不自觉地握了握拳："对不起……"

"没事。"她扯了扯唇。

他像是终于缓过神来，问她："你找我，有什么事？"

"怎么？没事我就不能找你？"看他这副样子，温毓忍不住开了个玩笑。

晏怀先倒是没觉得好笑，依旧一脸肃然："你没吃她给你的东西吧？"

"她难道会下毒？"温毓说，"放心，她没有那么蠢，而且我什么都没吃。"

他这才放心下来："好。"

温毓把夏小满的那封信给晏怀先看："这件事情，你怎么想？"

短短一封信，晏怀先看了几遍，而后抬头："你相信？"

"不。"温毓摇头，"我不信。事情没有那么简单，如果一切都只是因为夏小满，阿璇的失踪又要怎么解释？或许她也和这件事情有关，但绝对不止她。"

"看来，背后的人已经开始等不及了。"晏怀先将手中的信交给她，"不要想太多，既然有人想让你这么相信，你就先这么相信。"

"你的意思是……"

晏怀先的唇角微微一勾："是。既然事情没有那么简单，那我们就让事情变得简单起来。"

温毓沉默半晌，轻轻地点头。

"对了，你还记得当初你在游轮上落水吗？你大哥还没查出来是怎么回事？"

"他说那个角度没有监控,大概是没有查到什么。"

"顾璇的失踪和你的落水或许都是偶然,但不会这么巧,也不会总是无迹可寻。"晏怀先顿了顿,"或许这件事情比我们想象的要复杂得多。"

"我明白。可是一天找不到她,我就一天不会放弃。"温毓仰头看他,眼里是比任何时候都要坚定的执着,有些许碎发黏在脸侧。

晏怀先下意识地抬手,指尖在她的脸边停下,她却已经别过脸,抬手理了理头发,他忍不住苦笑,将手收回。

她大概永远都不会知晓,在她看不到的他的心里,有一片永远都无法平静的大海,一直都因她而波涛汹涌。

晏怀先送温毓下楼,晏夫人还在客厅,见他们出现便起身,一脸想上前又不敢上前的样子。

温毓出于礼貌,停下向她道别,晏怀先则是一个眼神都没有给她。

将温毓送上车,晏怀先回来,她还在原地,犹豫着叫他:"阿先,我没有恶意,只是因为她是你同学,所以我才……"

"可是就连你的好意,都让我觉得可怕。"晏怀先停步,冷然,"怎么?因为生不出孩子,所以想要讨好我?当年的事情你可以忘记,我却永远都记得。"说完,他大步就走,留下晏夫人怔怔地站在原地。

回到房间,晏怀先依旧难掩烦躁,在空荡的房间走了好几圈才在沙发上坐了下来,一闭眼,他仿佛又回到了七岁的时候。

他很早就知道父亲与母亲的关系不好,每天除了吵架依旧是吵架。

那天他刚从学校回来,才到门口就听到屋里一阵乒乒乓乓的瓷器碎裂声,而后便是母亲绝望的尖叫:"你休想!我不会和你离婚的!你不要脸,她是我的妹妹,你休想踹了我把她娶进来!"

父亲不知道说了什么,母亲又开始吼叫:"那你就是在逼我死,你和她一起,想要逼我死。是啊,我死了之后你们就可以双宿双飞,那你们干脆杀了我好了!"

他在外面等到屋里平静下来才进去,父亲回了书房,母亲呆呆地坐在一地碎片中,眼神空洞,他走到母亲身边,叫她一声。

母亲这才恍然回过神来,将他搂在怀里,眼泪落在他的额头,那样灼热。

"阿先,阿先,他们要逼我死啊,他们都想让我死啊,阿先,妈妈只有你了……"

可是这个说只有他的母亲,没过几天就死在了那张豪华的大床上。

说是食用安眠药过量。

所有人都相信了。

他却不信。

因为不过一周之后,他的亲阿姨,他母亲的亲妹妹就嫁进了晏家,嫁给了他的父亲。

晏怀先长长地吐出了一口气,额上是细细的一层冷汗,他蓦然睁眼。

一切,都只是时候未到而已。

夏小满依旧昏迷不醒,原本的线索又就此断裂。

郁砚知道温毓去看了夏小满,来问她情况:"怎么样了?夏小满真的还没有醒过来?所以你也没有见到她吗?"

"嗯。"温毓将课本翻了一页,发现自己一丁点都看不下去,干脆合拢了书本,"听说醒来的可能性很低,我只见到了她母亲。"

郁砚叹了一口气,不知道该说些什么:"那怎么办?"

温毓从抽屉里拿出那封信,放在郁砚手边。

"是夏小满的母亲给我的。"

"真的是她?"郁砚不敢置信,"阿毓,你相信吗?"

"我不相信还能怎么办？"她苦笑一声，"我对过她的字，这封信的确是她写的。"

　　"简直是难以想象。"郁砚张着嘴巴，不知道该说些什么。

　　有个脑袋忽然伸过来。

　　"什么难以想象？阿毓，你们在说什么？这是什么信？"易文钦笑嘻嘻地看着她们，伸手过来想拿郁砚手里的信。

　　温毓瞬间将信收回来，冷淡："没什么，你不用知道。"

　　易文钦撇撇嘴："不让我看就不看呗……"话刚说完，他就眼疾手快地抽走了那封信，而后转身就跑，"哪有这么多秘密，也让我知道一下嘛。"

　　温毓连忙追上去，易文钦在课桌间跑得飞快。

　　眼看就要跑出教室，温毓气急，叫他："易文钦，你给我站住！"

　　易文钦停下来刚想说话，面前已经多了一个身影，他还来不及疑惑，手里捏着的信已经被那人拿走。

　　"喂，晏怀先，你来捣什么乱！我就是和阿毓开个玩笑而已。"易文钦不满。

　　晏怀先将信交给跑过来的温毓，然后抬眼看他："你确定捣乱的不是你？玩笑也有底线。"

　　易文钦还想说话，温毓已经站出来："易文钦，我并不喜欢你的这些玩笑，希望没有下一次。"

　　见温毓真的生气，易文钦才有些担心："阿毓，对不起，我知道错了，我真的没想看，就是想开个玩笑而已的。"

　　温毓没有回他，转身回了座位。

　　易文钦想追上去，晏怀先挡住他："我觉得她这个时候应该不会想要看到你。"

　　"这和你又有什么关系？你有什么资格管我和阿毓之间的事情！"

"就凭她会是我未来的未婚妻,这样够不够?"

易文钦因为这一句话呆了,恍恍惚惚过了半天,放学的时候到底没忍住拉了温毓问:"阿毓,晏怀先说的是真的?"

"什么?"对于他这莫名其妙的问题,温毓不明所以。

"他说,说你是他以后的未婚妻。"易文钦说起的时候喉间梗了一下。

"温历的确有这个打算。"温毓就事论事,顿了顿,又加一句,"不管我和他是什么关系,反正我和你是不可能的。"

易文钦便有些不甘心:"为什么?难道你真的喜欢他?"

温毓下意识地想否认,可那一个"不"字却到了唇边又咽了下去,一时无言以对,眼神移了开去。

"你不喜欢他的对吧?他有哪里好?"

他的话,一个字一个字钻进她的耳朵里,她也问了自己一句,她不喜欢他的吧?他有哪里好?

是啊,他有哪里好。

他只不过是在那片漆黑而又无边的深海里救了她。

他只不过是看着她的眼睛,对她说让她相信他。

他只不过是照亮了她原本黑暗的人生而已。

她又怎么会喜欢他呢?

"阿毓……"易文钦轻声叫她,不知为何心里有些没有底。

他印象中的温毓,一直是冷然而决绝的,不会犹豫也不会心乱,可现在的温毓,好像并不是他认识的那个她。

温毓好不容易回过神来,撇了撇嘴:"你未免管得太多了。"

"阿毓!"他拉住她的手腕,见她回身,皱了皱眉,下一秒便松开了手,"阿毓,晏怀先能做的,我也可以做。"

"易文钦，我不喜欢你。"她说。

这几个字，已经判了他的死刑。

他的所有挣扎都显得那样可笑。

他笑，却笑得那么难看："可是阿毓，我还是喜欢你。"

尽管他的喜欢对她而言是这样无足轻重。

温毓难得没有睡好。

辗转翻身，闭上眼睛就是晏怀先那张脸。

笑着的他，严肃的他，认真的他，冷淡的他。

还有，小时候的他。

那是她一个人的秘密。

她从来没有和任何人说起过，她早就认识晏怀先。

或许连温历都已经忘了这件事。

那是晏怀先母亲的生日宴，是温毓刚到温家的那一年第一次出席的正式活动。

原本温毓才刚到温家，还处在与顾璇分别的怨恨之中，温历是不想带她出门的，可是晏怀先的母亲喜欢小女孩是众所周知的，她平生最后悔就是只生了晏怀先一个儿子，只可惜身体不好，之后就再也没能怀上。

那个时候温历正好和晏家有合作，算是有讨好的意味，所以就把温毓拾掇拾掇也带去了。在晏家门口，温历还冷着脸对她说："你最好知道什么该说，什么不该说。"

温毓别过头不理他，气得温历差点就抬手打上去，还是温峋挡住。

"爸，阿毓很聪明的，有我带着她，不会出事。"

温历这才冷哼一声走开。

温峋拉着她的手去给晏怀先的母亲祝寿，她果然特别喜欢女孩子，见到温毓便让她到面前，抚了抚温毓的头发，眼里不知道为何还泛着泪：

"真像，和小婉长得真像。"

温毓有些莫名地由着她抚自己的头发，忍不住仰头问一句："阿姨，小婉是谁？"

她微微一怔，不明所以地看向温岫，像是忽然明白了什么，笑着摇摇头："嗯，是阿姨的一个好朋友，你和她长得很像。"

温毓一知半解，却也明白话题只能到此为止，没有再问下去。

晏怀先的母亲忽然拉了身旁的小男孩过来，温温地笑："阿先，你和阿毓去玩吧。"

小时候的晏怀先和现在一丁点都不像，不只是长相，更是性格。

那时候的晏怀先有些肉乎乎的，显得很可爱，大概因为母亲的宠爱和保护，性格也没现在那样别扭，是个实实在在的小暖男。

听见母亲这么说，他便拉了温毓的手，领着她去别处了。

走到人后，温毓在大人面前的笑容瞬间就消失，甩开他的手转身就走。晏怀先有些莫名，跟上去，问她："你怎么了？"

温毓冷着一张脸："我不想陪你玩。"

晏怀先愣了愣，大概是没想到有人会拒绝他："哦，那我陪你玩吧。"

温毓呆呆的，像是没反应过来，他的手已经又伸了过来，拉住她又软又小的手掌："走吧。"说完，冲她笑了笑。

那个笑容，过了十多年，温毓都没有忘记。

在晏家的书房外，在学校的天台上，在游轮的烟火下，在漆黑的深海里，在飘着花瓣的樱花树下……

她都透过那张脸看到了十几年前的他。

他不知道的，她每一次见到他，每一次和他说话，每一次在他面前转身，呼吸中都带了无数把尖刀，刺得心脏剧烈的疼。

她多害怕自己这种莫名的情感，就有多抗拒他。

可是原来一点用都没有,他还是一点一点走进了她的世界。

他永远都不会明白,她穿上厚厚的铠甲,不让自己有一丁点的弱势,早就已经忘了如何给人看自己的真心,无论是谁。

所以她不敢喜欢他,也永远都不会喜欢他。

反正睡不着,温毓忍不住坐起身,开灯,而后她便一眼就看见了被她放在床头柜上的那条项链。

温毓犹豫了半晌,小心翼翼将它拿过来,将链子上挂着的那枚戒指取下来,比着自己的无名指,一点一点地往里送。

戒指停在指节上,她瞬间将手握拳,深吸了一口气,匆匆忙忙把戒指拿下来,眼不见为净,扔在了床头柜上。

温毓重新躺倒,用被子遮脸,她真是疯了。

一夜都没睡好,温毓第二天便有些蔫蔫的,下课也不过是趴在桌上发呆。

晏怀先偏偏还走过来,在她桌上敲了敲。

她没看到他人,被打扰有些不开心,皱着眉抬起头来,待看到是他之后便有些发怔,两秒就恢复正常,像平常一样懒懒地问他:"有什么事吗?"

"怎么?没事就我不能找你?"他故意学她说话,不过多加了一句话,"你不舒服?"

她抿抿唇,直起身,摇头:"我没事。"

"中午天台见,我有东西要给你看。"

她愣,"哦"了一声。

等他走开了,她才忍不住想,是什么东西?

温毓的确没有想到,晏怀先要给她看的居然是监控视频。

是那夜她落水前的监控视频。

"你怎么拿到的?"她不敢置信,"我大哥说那个角度没有监控。"

"总有办法。"晏怀先并不想多说,"至于你大哥为什么那么说,你看完就知道了。"

她落水前的一切都和她记忆中的一样,那个黑色的高大身影将她推入海中,而后是晏怀先毫不犹豫地跳下。

可惜监控没有拍到那个男人的样子,她有些失望,刚想把手机还给晏怀先,手却僵住,脸色有些不好。

她落水处对面的房间门被打开,走出了一个她认识的男人。

温毓点暂停,看向晏怀先:"怎么回事?为什么会有我大哥?"

从房间里走出来的是温岫,虽然只是一个模糊的侧面,她却已经可以确认。

"不仅有你大哥,还有我的叔叔。"晏怀先说,"这大概就是你大哥为什么要骗你说没有监控的原因。"

温毓深吸一口气,重新看视频,果然下一个从门内出来的就是晏司武,温岫显然已经知道掉下水的是谁,把那人骂了一顿之后就走开去找人营救了,而晏司武缓缓抬起头,朝着摄像头的方向看了一眼。

晏怀先把手机拿过去,见温毓没什么反应,问:"怎么?还没看懂吗?"

不。

正是因为她看懂了,所以才有些无法反应过来。

她向来以为温岫没什么野心,喜欢闲云野鹤的生活,所以才会做明扬的高层,可他居然和晏家那个野心勃勃的晏司武混在一起。

她的落水大概就是误伤,怕被人发现他们的关系。

"我大哥……"温毓开了个头就说不下去，嘴巴干涩。

"能和我那个叔叔混在一起，你觉得呢？"

"不，他可能是因为学校的事情……"温毓自己都无法解释。

晏司武是晏怀先父亲晏司戎的弟弟，两人对着干早已不是一天两天，温家一直是向着晏司戎的，谁会想到温岫会与晏司武秘密会见？

"他没你想的那么完美，在金钱和权力面前，所有人都是贪婪的。"晏怀先说，"只是不知道顾璇会不会和他们有关……"

"不！"温毓下意识地否定，"不会，阿璇的事情不会和他有关，不会的。"

晏怀先向她走近两步，抬手捧住她的脸，让她看他："我并不是故意诋毁你尊敬的大哥，我只是在合理推测。"

温毓咬唇："在有证据之前，我不接受你所有的推测。"

"他就那么好？"

她说："你不懂。"

如果晏怀先是她的阳光，温岫就是她的信仰。

无论如何，她都不会相信那个温润如玉的大哥会变成她不认识的样子。

晏怀先忍不住轻叹一声，松开手，轻轻将她拢入怀中。

她身体微微一僵，想要挣扎，他用了点力气，让她没办法挣脱。

"晏怀先。"她的侧脸靠在他的胸口，能听到他心脏的跳动，怦怦怦，一下又一下，那样急促又激烈，"我说过，你想要的，我给不了。"

"是给不了还是不想给？"晏怀先轻笑一声，"温毓，我也说过，我想要的只是你能相信我而已，你想什么呢？"

温毓不免有些脸热，抬手推了推他的胸膛，自然是没能推开。她冷哼一声，竭力装得淡定又高冷："那你还不放开我？"

"看你难过,借你一个怀抱。"晏怀先说。

"我才不需要!"

"好。"晏怀先顺她的话往下说,"是我觉得累,想让你给我一些力量。"

温毓抿抿唇,推着他胸膛的手渐渐就没了力气,她闷声说:"一点都不好笑。"

"是吗?那我就不说了。"

他就真的没有再说话。

天台上很安静,静到只有风声,吹乱他们的头发和思绪。

他们静静地站在阴凉处,像是彼此只有彼此可以依靠。

温毓向来不怎么搭温岫的车,今天却特地打电话让莫叔不要来接她,给温岫发了个短信说想和他一起在外面吃晚饭。

温岫有些意外,不过欣然答应。

对待妹妹和对待别的女士一样,他格外绅士,替她开了车门,抬手护在她的头顶,等她坐上了车才绕过车头进驾驶座。

"想吃什么?"温岫问她。

温毓想了想:"那家西餐厅还开着吗?我刚到温家的时候,你带我出去玩,吃的那家。"

温岫笑:"都已经过了十几年了,阿毓。"

温毓也觉得自己在说傻话:"那大哥你决定。"

车子驶了开去,他随口问:"今天怎么有兴致和我一起吃晚饭?"

"你已经有约了吗?和大嫂?"她反问。

"我们家阿毓难得约我,就算我有约,自然也要先赴阿毓的约。"温岫柔柔地笑,像极古代的书生。

温毓将视线收回来,低头看着自己绞在一起的手指:"只是好久没和你单独吃饭了。"

"是，我最近太忽略你，该罚。"温岫看她一眼，"最近在学校还好吗？没人欺负你吧？"

她笑一声："谁敢欺负我。"

"这倒也是，谁敢欺负我们阿毓。"

温岫还是带温毓去了一家他常去的西餐厅，他像是对待女朋友一样绅士，惹得服务员还以为他换了女伴。

餐还未上，温毓犹豫着问他："大哥，你就一直留在学校吗？他没让你去公司？"

他自然指的是温历。

温岫笑："爸还没老，不喜欢有人同他争抢，即使是他的儿子。我在学校挺好的，怎么了？"

"没什么。"温毓摇摇头，"只是觉得你不应该就只是在学校待着。大哥，你不想去公司吗？"

"哪有学校来得轻松，"温岫点点她的额头，"瞎操心。"

正好餐也上来，温毓就没有再问，只是吃了几口，仿佛随口说道："其实我一直都很好奇，为什么会是我？你们为什么会选中我？"

孤儿院里孩子很多，她不是最漂亮的，脾气也不是最好的，可偏偏当初温历一眼就挑中了她。

的确是一眼，那个午后，依旧年轻的温历下车后在孤儿院转了一圈，而后指着她就定了下来。

她从未问过温历这个问题，毕竟就算她问了也不会有答案，可今天，不知为何她就想问一句。

温岫的手一顿，说："是爸选中了你。"

"你什么都不知道？"温毓不信，"那，小婉是谁？曾经有人说我和她长得很像。"

"谁？"温岫神情一滞，像是没听清楚。

"小婉，你不知道吗？"温毓放下刀叉。

温岫垂下眼，深吸一口气，这才说："我们其实有个姑姑。"

"姑姑？"

"是，温婉姑姑，是爸的妹妹。不知道你是从哪里听说这个名字的。那人说得没错，你和她长得很像，或许我想，这大概就是爸选你的理由。"

"那……她呢？"

温岫的神情有些不自然："去世了，在你来温家之前就去世了。"

温毓还想问什么，温岫笑着说："快吃吧，都快凉了。"

"我，和她没有关系吧？"

温岫一怔，笑："想什么呢，她去世之前还没有嫁人。"

温毓下意识地呼出了一口气，方才有那么一瞬间，她害怕自己身上真的流着她那么讨厌的温家的血液。

她便也就没有再问下去，只是她到温家之后，就从来没听说过温婉这个名字，如果不是今天偶然提起，她大概永远不会知道原来温历还有一个妹妹。

温家一张温婉的照片都没有，像是她从来都没有存在过一样。

或许在不久的未来，她也会像温婉一样，在温家彻底消失，当她再也没有利用价值的时候。

牛排还带着血丝，温毓没吃几口，总觉得有些反胃，早早放下了刀叉，有些恍惚地盯着温岫看，像是要从他脸上看出什么来一样。

这样灼灼的视线落在自己脸上，温岫怎么可能没发现，笑着抬起头："怎么了？阿毓，你今天有些奇怪，出了什么事吗？"

"大哥……"温毓叫了一声，顿了顿，又摇头，"没什么，就是忽然发现,我们好像真的有些像。"

温岫抬起手,在她额前轻轻点了点:"我们是兄妹啊。"

是。

他们是兄妹。

没有血缘关系的兄妹。

温毓眨了眨眼睛,微微垂下了眼睫,将一切情绪都掩了下去。

如果一切真的都变得不一样,她不确定自己有没有接受的勇气……

第八章 她终究会成为孤身一人

很多时候，很多事情，我们能理解，却不能接受。

就像是晏怀先所说的一切，温毓可以理解，却无法接受，因为这件事情，温毓已经许多天都没有同他说话了。

郁砚也发现了温毓这些天的不对劲，吃午饭小心翼翼地探问："阿毓，是不是发生了什么事情？你看，总是缠着你的易文钦忽然转性好好学习，连这会儿也不凑上来了，还有晏怀先，你们以前关系不是挺好的吗？怎么这几天……"

温毓抬眼，正好看到易文钦坐在远处正埋头大吃，笑了下："易文钦，大概是想通了吧。"

"其实要是没有晏怀先的话，易文钦也挺好的。"

"怎么？你喜欢他？"

温毓的话刚说完，便有人端着托盘在一旁坐下来，随口问："喜欢谁？"居然是向来不吃学生食堂的温岫。

温毓有些讶异，不明白他怎么也忽然做起平常不做的事情。

而一旁的郁砚连忙摆手，吓得脸都发白了："你说什么呢，我怎么会喜欢他呀！"

"开个玩笑而已。"温毓说，"那我不说了。"

郁砚的脸色依旧惨白，尴尬地扯了扯唇角："我就是忽然被你吓到了。"

温岫从自己餐盘里夹了肉给温毓："每次都只吃蔬菜，已经这么瘦了难道还要减肥？不过阿毓，我挺开心的，你现在都会和朋友开玩笑了。"说着看了郁砚一眼，"是不是得谢谢你的这个好朋友？"

郁砚不好意思地低头。

"不要吓到我朋友。"温毓替她解围，还想说什么，一抬眼忽然看到郁墨皱着眉头，端着餐盘远远地往这里看，她有些不明所以。

"怎么了？"温岫顺着她的视线看过去。

温毓收回眼神："没什么。"

温岫却顿了两秒才醒过神来："嗯，没什么就多吃点。"

因为有温岫在旁边，原本总是叽叽喳喳说个不停的郁砚像是被人封了嘴巴，只顾着低头吃东西，连头都没有抬起来过。

好不容易等到温岫走开，郁砚才舒出一口气，抬头有些不好意思地对着温毓笑了笑。

温毓哭笑不得："他就这么可怕？"

"也不是，就是……"

她说半天都没说清楚，温毓忍不住又开了个玩笑："你这个样子倒像是在暗恋他。"

郁砚一怔，不知道为什么就冷了脸，生起气来，端着餐盘起身就先走了。

温毓从前也难得和人开玩笑，暗自想了下自己的确有些不应该，连忙起身追了上去。

只是她也没有和人道歉的经验，跟在郁砚身边也不知道该说些什么，不过犹豫了几秒，反倒是让郁砚大步走开了。

温毓大部分时间都是独来独往，向来没有和人做朋友的经验，一直以来都是别人迁就她，她在面对这种状况的时候竟然有些无所适从。

或许，她想，这个时候郁砚应该更想一个人待着吧。

温毓还在犹豫要不要追上去，已经有人抓着她的手大步走开了。

她跌跌撞撞了几步，好不容易才跟上步伐，抬头看向那人的背影，不免有些恼怒："晏怀先，你想干什么？"

晏怀先没理她，等到周围没人了才停下步子，放开了她。他依旧背对着她，一时没有回过身来，也不怕她转身就走。

"温毓。"他叫她的名字，"你不相信我。"

他是在陈述一个事实，而不是在问她。

温毓没有瞬间否认，沉默了两秒才说："你知道的，不是这样的。"

"那是怎么样的？"晏怀先这才转身看她，往她面前走了一步，居高临下，低头望着她澄澈的双眼，"这几天的电话短信，为什么你都不回？你觉得我在污蔑你的大哥？所以你决定不再相信我？或者你还会以为，我做这一切只是为了对付我那个叔叔？"

"我没有！"

他抓住她的肩膀："你说过，有证据之前你不相信我的任何合理推测，如果找到证据，你是不是就会相信？"

温毓低头，没有说话，身体微微地颤抖着。

她在害怕，她害怕她坚持相信的一切到最后都成了一场笑话。

晏怀先说她不相信他，可如果她真的一丁点都不相信，那这个时候她就不会害怕，她会理直气壮、问心无愧。

她明白，人心是这个世界上最复杂的东西，是一个永远都到不了的无底洞，她自以为了解她的大哥，可事实上，她又到底了解他多少呢？

可这些话，她不知道该怎么和他说，她习惯了什么事情都藏在心里，早就忘了如何让别人去分担自己的烦恼和不安,尽管面前的这个人已经是她在这个世界上最为信任的那一个人。

到底是不欢而散。

温毓看着晏怀先大步走开的背影,这一幕曾经无数次地在她的梦里出现。

她终究会成为孤身一人,到最后,不会再有人愿意留在她的身边,无论是她喜欢的人,还是曾喜欢她的人,一个个都被她自己推开。

她怨不得别人,怪不得别人。

她依旧只能怨怪自己。

为什么对于别人而言这么简单的事情,对她来说却这么难?

温毓想回教室,却不知不觉走错到了教学楼,她照旧上二楼,一抬头却发现眼前一个学生都没有,仔细一看,才发现自己居然上了艺术楼。

抬头便是一个不小的标牌,写着美术教室。

她转身要走,还没来得及下楼梯就听到教室里传来声响,是她熟悉的声音,她的步子顿时停住,下意识地留了下来。

"你又要和我说什么?没事的话我先走了。"这格外冷淡的声音居然出自一向温柔的郁砚。

"小砚,你住手吧。"郁墨的声音就像她的人一样,淡淡的、浅浅的,"我是你的姐姐,我不会害你。"

"别再说你是我的姐姐,"郁砚冷笑一声,"如果你真的是我的姐姐,你就不会和我抢。"

"我从来都没有和你抢,是你自己执迷不悟。小砚,他会毁了你的,你信姐姐一次,不要等到以后才后悔,你转学,我离开明扬,我们离开这里,好吗?"郁墨上前一步,抓住郁砚的手,声音里满满的都是哀切。

"不,我不走。我所有的一切都在明扬,我不会离开这里。要走的是你,不要再来管我!"郁砚一把甩开郁墨的手。

郁墨拿她没有办法:"小砚……"

郁砚没有再理她,转身开了教室的门就走,温毓下意识地躲在了角落,等郁砚的脚步声消失在楼梯间才缓缓出来。

方才和郁墨说话的郁砚,一点都不像是她认识的那个郁砚。

温毓走到美术教室的门口,往里看去。郁墨坐在窗边,头微微垂着,嘴唇紧抿着,眉心微蹙,有几缕长发坠在她的脸颊旁,不过一个侧脸就美到让人心惊。

温毓抬手,在门上轻轻敲。

郁墨蓦然抬头,叫:"小砚……"在看到温毓的时候微微一怔,"是你啊,温毓。"

温毓应一声,进去,第一句话就是道歉:"实在对不起,刚刚我无意间听到了你和郁砚的对话。"

郁墨皱了眉:"既然你知道对不起,为什么要偷听?"

"实在很抱歉,但我并不是故意偷听,只是恰好路过,你们的声音又不小,而且郁砚是我的朋友。"温毓顿了顿,问,"你为什么希望想让郁砚转学?"

"这是我和她的事情,和你无关。"郁墨似乎并不是很开心。

"也是,我以前也从来没有做过这种事情,看来果然是越界了。"温毓又说了句抱歉,"那郁老师,我就先回去了。"

温毓刚刚走到门口,郁墨却忽然叫住她:"等一下。"

见她停下来,郁墨快步走到她面前,犹豫了两秒:"你说你和小砚是朋友,那你了解她吗?"

"不知道你所说的了解是什么意思?朋友之间也总是会有些秘密

的，不是吗？"

郁墨抿了抿唇，抬眼看她："有时候眼里看到的，并不一定是真相。就像你说的，每个人都会有秘密，你会有，我会有，大家都会有。但有些秘密无关紧要，有些秘密却是致命的。"

温毓有些不明白她话里的意思。

郁墨说着也无奈地笑了下："没什么，我只是想说，既然你和小砚是朋友，那你可以多了解一下她，她也会有缺点，希望你能多包容，如果她做错事，也希望你能劝阻她。你也刚刚听到了我和她的对话，她对我有所误会，所以对我这个姐姐并没有多余的好感。"

"你说的我明白。"温毓轻声笑了笑，"快上课了，我先走了。"

"温毓。"郁墨在她走了几步之后又叫她一声，等温毓回身，她说，"你和你哥哥，一点都不像。"

温毓愣了愣。

她摇了摇头："没什么，你回去吧。"

所有人都说她和温岫像，郁墨是第一个，说他们不像的人。

哪里不像？

外表？还是内心？

温毓回到教室的时候，上课铃声还没有响。

郁砚坐在她的左前方，她刚想起身，却见郁砚已经朝她走过来，站在她的身边，低头看她："阿毓，对不起，我刚刚不应该生气的。"

温毓一怔："不，是我不该随便和你开玩笑。"

"其实我知道的，你是因为拿我当朋友才会和我开玩笑，是我刚刚心情不好，所以才……"她眼巴巴地望着温毓，"你能原谅我的吧？"

温毓笑："是我要求你原谅才对啊。"

郁砚这才笑起来，张开手臂把温毓抱住："真好，我们还是好朋友。"

温毓有些不适应这样激烈的身体接触,浑身有些僵硬,不过还是忍不住笑了笑,拍拍她的背:"嗯,上课了,你快回去吧。"

老师在讲课,温毓难得开了个小差,望着郁砚那个瘦弱的背影,忍不住想,到底哪一个才是真实的她?

是对郁墨冷淡,出言不逊的那一个,还是对她热情,亲密的那一个?

抑或,这两个,都不是真正的她?

放学后依旧是温岫送温毓回家,温毓说要给莫叔打个电话说一声,温岫便笑:"莫叔生病去了医院,所以要请几天假。"

"什么病?"温毓暂时将手机放下,"没事吗?"

"没什么事,只是得了感冒,不严重。"

温毓还是给莫叔打了个电话,得知的确不怎么严重才挂了。

温岫忽然笑出声来:"阿毓,你知道吗?别人都以为你对人不屑一顾,其实他们都不知道,你对你在意的人有多好。"

温毓不明白他怎么忽然说这样的话,愣愣地看着他。

温岫用空着的右手揉她的头发:"真是个傻姑娘。"

温毓连忙抬手理了一下头发:"大哥……"

"等我一下。"温岫将车停在路边,"我去买点东西。"

温毓看着他下车去了路边的一个蛋糕店,不知道他要去多久,她便拿出书来翻看,不过看了两页就听到车里有手机铃声在响,她以为是自己的手机,看一眼发现不是,在车里找了一会儿才看到了温岫的手机。

屏幕上闪着一个号码。

不知为何,她总觉得那个号码有些眼熟。

温毓并没有替他接电话的想法,只是那个号码实在太眼熟,让她有点接通电话的冲动。

车门忽然被打开,有些发怔的温毓抬起头来,温岫拿着纸袋坐进来,她便将手机递上去:"你有电话。"

温岫瞥了一眼就将电话挂断,手机被他扔到一边,而后将手中的纸袋给她:"给你买的蛋糕,你吃得太少,不要怕胖,至少吃点甜食。"

温毓应一声,忍不住问:"刚刚那个电话,不接没关系吗?"

"不认识的号码,可能是诈骗电话吧。"温岫随口说,"不用管,我们回去吧。"

温岫说是诈骗电话,可温毓却总有些在意。

她对数字一向敏感,如果她觉得熟悉,那就一定曾经见过。

睡到半夜,温毓忽然惊醒,坐起身拿过手机,调出一个人的号码。

一个数字一个数字对过去,完全契合,一模一样。

是她的号码,是郁砚的号码。

当初是郁砚将她的手机拿去输入自己的号码,所以她就只有在拿回手机才瞥到一眼那串数字。

郁砚为什么会打电话给温岫?

温岫为什么说那是诈骗电话?

他们分明就一丁点都不熟悉,唯一的联系就是她而已。

温毓未免就想起了郁砚和郁墨的吵架以及郁墨对自己说的那一堆莫名其妙的话,心一阵阵往下沉,她想到了最坏的结果,可她不敢相信。

怎么可能呢,她对自己说。

都只是她的胡思乱想而已,现在什么证据都没有。

温毓醒来之后就再也没能睡去,后半夜一直都清醒得过分,起床之后,她从镜中看到自己格外严重的黑眼圈。

一切都和平常一模一样，郁砚比她早到，看到她还过来同她说晚上做了怎样的梦，笑得像是纯洁的天使。

温毓有些心不在焉，郁砚终于反应过来："阿毓，你怎么了？昨天没睡好吗？还是出了什么事？"

她扯了扯唇角："没什么，昨天晚上做了噩梦，没睡好。"

"那就祝你今天晚上能做个美梦，啊不是，是不要做梦，好好地睡一觉。"郁砚笑着，眼睛弯弯的。

温毓也想笑，可却笑不出来。

"郁砚。"她叫她。

"怎么了？"郁砚那张天真的脸，让她什么话都说不出来。

所以她只是摇摇头："没什么。"

中午休息的时候，温毓去了一趟艺术楼，郁墨不在办公室，不知道去了哪里，她刚想走，却正好看到郁墨从楼梯上来，看到她，一脸讶异。

"郁老师。"温毓叫她，"我有话想要问你。"

郁墨皱了皱眉，带她去了昨天的美术教室。

教室被收拾得很干净，角落放满了石膏像，一个一个形状表情各异。

温毓把视线收回来，看向郁墨："我想知道，你昨天和我说的话，是什么意思。"

郁墨抿了抿唇："就是那些意思。"

"你问我了不了解郁砚，和我说看到的不一定是真相，说每个人都会有秘密，说让我包容她的缺点。"温毓顿了顿，"如果我没有想错的话，你的意思是，郁砚有事情瞒着我，对吗？"

"我没有这样说。"郁墨说，"这只是你自己的臆断而已。"

"那让我来猜一猜，郁砚瞒着我的事情究竟是什么？或许，是她和我大哥的关系吗？"温毓试探着缓缓问。

没想到郁墨蓦然抬眼,看她,出口的第一句话竟然是:"你怎么……"然后便意识到自己说错话,没有再说下去。

一切的自欺欺人在这一刻全都土崩瓦解。

温毓垂下眼,苦笑一声:"所以是真的?"

郁墨很长时间都没有说话,再出声的时候有些哑然,带着颤意:"你知道多少?"

"我想知道所有。"温毓说,"我有权利知道这一切。"

"如果我说的话?你就会相信吗?"郁墨看她,眼眶里有些湿润,"温毓,你确定你会相信我吗?"

会相信她吗?

温毓双手紧紧握成拳:"你说。"

"你觉得,你大哥是一个怎么样的人?"郁墨不说反问。

温毓一时之间竟然不知道该如何作答。

这个答案对于她而言,在以前格外明确,是一个好哥哥,温文尔雅,是她在温家唯一的倚靠。

可现在……

"如果我说,他和你,和大家想象的都不一样,你会相信吗?"

"就算他和郁砚有关系,他可能只是不想让我知道而已……"

"你在犹豫。"郁墨一眼就看出,"如果你真的这么想,你就不会来问我。温毓,你分明也就发现了,你的哥哥,并不是你以为的那个样子。"

温毓咬着唇没有说话。

"温岫是我大学学长,在发生那件事情之前,我也和你,和大家一样,只看到了他想给我们看的那一面。"郁墨看着窗外,仿佛看到了过往的一切。

郁墨在大学的时候有个男友，两人感情很好，男友是温岫的同学，郁墨第一次见到温岫就是在他们的聚会上。

　　男友带她去见他的朋友们，其中就有温岫。

　　温润君子，这是她对温岫的印象。

　　因为男友的关系，她时常见到温岫。

　　温岫待人温和，偶尔还帮过她一些忙，她自然感激不尽，只是没想到男友会毕业的时候忽然同自己分手。

　　没有任何原因，仅仅一句我不喜欢你，我从来都没有喜欢过你。

　　真是笑话，他们在一起三年，她不是傻子，不会连他喜不喜欢自己都看不出来。

　　可不管他是为了什么分手，她不会抓着他不放，既然他的心都已经不在，她抓着他的人又有什么用处？

　　没了男友，她依旧不间断能见到温岫，次数多了，她才恍惚过来，他像是在追求自己。

　　说实话，温岫家境好、模样好、性格好、能力强，从前学校里追求他的女生太多，所以她也只不过把这点感觉当成误会而已。

　　然后她从学校毕业，到明扬当老师，才发现他居然是明扬的董事。

　　从最开始的润物细无声到后来的穷追不舍，郁墨要是再察觉不到就是蠢了，只是她对温岫实在没有男女之情，拒绝了无数次之后也曾经想过，如果答应了会怎么样？

　　如果她没有再次遇见前男友的话。

　　前男友混得风生水起，无意间提起温岫的名字，不知道是不是积怨在心，竟然一股脑儿全说了出来。

　　当初他会提分手全都是因为温岫，他正当毕业季，找不到工作，原本以为是自己能力不足，后来才知道是温岫从中作梗。他不明所以，当面质问,却最终服从于现实。

分手这么久,他哭着向她道歉:当初是他为了前途妥协,可是温岫不是好人,不要被他骗。

谁知道这件事偏偏就被温岫知道了,结果前男友这几年打拼下来的事业全都一朝散尽。

郁墨也才终于发现温岫的可怕,如果说之前还有些许的感动,现在就只剩下了恐惧。

被这样一个人喜欢,她战战兢兢。

果然,他日渐可怕,不知道是不是因为已经被她发现了他的真面目,尽管在人前依旧那副好人的模样,在她面前却格外狰狞,哪里还有之前谦谦君子的模样。

如果不是郁砚也来到明扬,郁墨已经打算要走,而她更没有想到的是,郁砚居然那么快就被温岫迷惑,整个人都像是中了蛊毒,谁的话都听不进去,心里脑子里只有一个温岫。

郁墨走不了,也不能走。

她不相信温岫毫无缺点,偷偷想抓他的把柄,却被她无意间发现他和晏司武一起利用学校贪污受贿,她千方百计找出证据,却被温岫发现。

温岫把那些资料摔在她的脸上——"你因为凭这些就能打垮我?做梦!郁墨,你是我的!活着是,死了也是。"

……

郁墨长长地吐出一口气:"只是我没有想到,那些资料会害了另外一个人。"

温毓的双手颤抖着,声音也颤抖着:"谁?"

"在你来到明扬之前,高一(1)班还有一个学生,她……"

"你是说顾璇?"

郁墨惊讶:"你认识她?"

温毓并不打算解释。

郁墨也没继续问,说:"既然你认识她,那你应该也知道知道她现在无故失踪了吧,应该就和那天的事情有关。那天那些资料全都被温岫带走,只是他回去之后才发现少了两页,他来威胁我,我这边的确没有,然后没几天,顾璇就失踪了。"

温毓沉默不语,低着头,双手绞在一起,手指都快被她捏红。

"我说完了,你信吗?"郁墨淡淡地笑了下,"你不信也没有关系,只是希望你能帮帮小砚。她人不坏,只是一时昏了头而已。"

温毓没有回答,转身往外走,只是一不小心,大腿便撞上课桌,桌脚在地面磨过,发出难听刺耳的声响,她却像是没听见,跌跌撞撞地往外走。

郁墨想追上去,可迈出了一步,脚又收了回来,她自顾不暇,没有资格和精力再去帮别人。

温毓脑子里一片混乱,郁墨的话一个字一个字地钻进她的脑中,钻进她的心里,仿佛咒语,教她不得安宁。

好在还没到上课时间,她跌跌撞撞从艺术楼出来,也不知道能去哪里,恍恍惚惚,腿也发软,路边有长椅便坐了下来。

她微微弓着身子,用手肘抵着腿,双手捂住脸,整张脸都埋在掌心,眼前漆黑一片。

查了这么久,忽然有人对她说:你妹妹的失踪和你最敬爱的大哥有关。

呵,多么可笑。

果然,她所坚持的一切都成了笑话啊。

她多想义正词严地对郁墨说:你是在诽谤!

可她没有,或许她也在心底里相信了那些话,尽管她依旧无法接受。

无法接受那个真相，更无法接受温岫那掩藏在面具下的真实面目。

肩上不知道什么时候多了一只手，掌心带着灼热的温度，熨帖她此刻慌乱的心。

她不用看都知道是谁，好久才找回自己的声音："你也知道了？所以是来看我的笑话？"

"没有人会看你的笑话，我更不会。"他低声道，手臂微微用力，便将她揽进了自己怀里，"我原本在犹豫要不要告诉你，可没想到你会去找郁墨……"

温毓抬起脸，双手紧紧地揪着他的衣襟，望着他："真的不是她搞错了？"

晏怀先抬手，捧住她惨白的脸："温毓，我不想骗你。"

她闭上眼睛，也掩住了眼眶里闪烁的泪光。她的嘴唇轻轻颤抖，深吸一口气，等再睁眼的时候，眼中的泪光已经消失不见。

"除了她说的那些，你还查到了什么？"

"学校门口的保安在顾璇失踪之后就跟着辞职了，之前我就在找那个人，昨天才刚刚找到。"晏怀先顿了顿，"你到学校后不久，温岫的车才出去，走之前让他找了辆水车把教学楼前的血冲干净了，温岫身边的秘书和他说是红色颜料，一直盯着他处理完才走。他觉得不对劲，去看了监控，用手机把监控视频拍下来了。"

温岫不知道他拍下了视频，在让人连监控视频也处理干净后就直接找借口把他辞退了，他自然不甘心，便想用那段视频去捞上一笔，没想到却让妻子被害，他侥幸逃脱，不敢再出现。

听到这些，温毓好奇自己居然还能保持镇定："视频呢？"

"温毓，等你冷静一下，我再……"

"我现在很冷静。"温毓说,"我想要知道,所有的真相。"

画面很模糊,温毓依稀能看到走廊里那个绝望奔跑的顾璇,她一边跑一边不时地往后看,后面那人越追越近,她用尽全力推开天台的铁门,而后消失在门后。

一直追着她的高大身影也停在门前,他缓缓抬头,看向监控,那张脸,那样清晰又那样狰狞可怕。

是温岫,却一丁点都不像他。

他拿出手机打了个电话,而后手机被放回口袋。

铁门早就坏了,根本锁不住,他轻而易举地推门而入,视频就这样结束。

温毓将这一切和那一夜联系起来,而后,路灯簌地灭掉,整个学校陷入黑暗,而在那一片漆黑中,顾璇落在了她的面前,带着四溅的血。

温毓下意识地闭上了眼睛,居然还笑得出来。

那夜她看到的黑色的身影,竟然就是温岫。

晏怀先有些不忍心,想把手机拿回来,却被温毓制止。

她不管不顾,近乎自虐地一遍又一遍地看着视频。

"够了。"晏怀先说,"你明明就已经得到了答案。"

温毓咬着唇,下唇早就被她咬破了皮,她却像是没有察觉,继续看着这个模糊的视频。

她忽然将视频暂停:"这里,是不是有个人?"

晏怀先还在担心她,听到她说话愣了一下,看向视频,虽然不清晰,但是角落里的确有一个小小的身影。

温毓将画面放大,虽然画面质量很差,她却在一瞬间认出了那个人——"是夏小满!"

怪不得。

怪不得一切都被推到了夏小满身上，怪不得她会"自杀"。

原来她看到了一切。

就像顾璇一样，知道了不该知道的事情，结果只会有一个。

那她呢？

整个下午，温毓就一直在想，那她呢？她也知道了这一切，接下来等待她的，又会是什么？

终于等到放学，郁砚如同往常一样，瞬间收拾好了东西就跑到了她旁边，自然地挽起她的手臂，自然地抱怨："好累啊……"

温毓却下意识地甩开了她的手。

郁砚看着自己的手，不免就有些尴尬："阿毓，怎么了？"

"没什么，我有些不舒服。"她低头，轻声说。

"不舒服，哪里不舒服？"郁砚连忙抬手去碰她的额头，只是还没碰到她又躲开。郁砚伸出的手尴尬地停在半空中。

"没有，就是太累了。"温毓艰难地笑笑，而后抬眼看向郁砚，"郁砚，你为什么会和我做朋友？我没意思，明明一点都不讨人喜欢。"

郁砚怔了怔，而后笑，有些尴尬："哪有什么为什么？"

"是啊，哪有什么为什么……"温毓收拾好东西，"我今天有些累，先走了。"即使如此，她依旧不愿意相信她以为的友情只是她的一厢情愿。

或多或少，她想，郁砚应该也是真心待自己吧？

原本这几天莫叔生病，温岫说要做她的司机送她回家，可今天她实在不想和温岫待在一个空间里，便给他发了条短信说搭朋友的车回家。

她哪有什么朋友的车好搭，只是背着书包默默地走到了离学校大门不远的公交车站。

　　明扬的学生大多都有专车接送，车站没什么人，空空荡荡的。

　　公交车很快就到了，她上车，投币，找了个空位坐下来，有人停在她的身边，她仰头，看到晏怀先。

　　温毓抿唇，想要说什么，最终只是撇开了头，看向窗外，她苦笑一声，用只有他听得到的声音说："怎么？怕我做傻事吗？你放心，我不会的，我还没有找到阿璇。"

　　"你想怎么样？"他坐在她前面，回身看她，与她平视。

　　怎么办？她也不知道。

　　"我不会蠢到直接去问他的。"温毓看他，"既然你也听到了郁墨的话，那你知道她说的证据资料吗？"

　　"还没有查到，不过应该和我那个叔叔脱不了关系。"晏怀先顿了顿，想到什么，"你想找到那些资料？"

　　温毓没有回答他，相当于是默认。

　　学校不安全，毕竟出了郁墨的事情，所以重要的东西温岫只能放在家里。温毓知道温岫书房里有个保险箱，她还曾经开玩笑问他里面是不是藏了许多金银珠宝。

　　他说不过是一些文件资料而已。

　　见温毓不说话，晏怀先叫她的名字。

　　"你不要冲动，如果你想要行动，我会帮忙。"

　　温毓轻轻应一声："可是晏怀先，不是所有事情，你都能帮我的。"

　　晏怀先想说话，公交车停下来，她起身下车。

　　他连忙追上去："温毓！"

　　"我知道，我知道你想说什么，可是晏怀先，你能帮我一次，能帮我一辈子吗？"温毓看着他，满眼的祈求，"有些事情，总得让我自己来解决。"

"你有你的固执，我也有我的坚持。"晏怀先沉默了会儿，终究是不忍心，"今天先回家，什么都不要想，等明天再说。"

温毓也想像晏怀先说的那样，什么都不要想。
可显然她根本做不到。
温毓明白，如果有晏怀先的帮忙，一切都会顺利许多，可事情越来越复杂，她不想让晏怀先跟着自己越陷越深。
她不怕自己可能会遇到什么，可她却担心他因为自己受到伤害。

温岫还没有回家。
温毓打开房门出去，来到温岫的书房门前，下定决心，开门进去。
保险箱就在书桌边的橱柜里，她打开橱门就看到，打开箱门需要密码，一共只有三次机会。
温毓深吸一口气，输入了两次都错误。
那已经是她能想到温岫所有可能用的密码。

心脏在胸膛剧烈地跳动，像是马上就要跳出来，房间里那么安静，唯一的声音就是她的心跳声。
连续两次失误让温毓没了信心，瘫坐在地上，忍不住苦笑，果然她依旧什么都做不了。
她扶着桌子想起身，脑中忽然一闪，想到了什么。
她连忙蹲下身去，重新开始按数字。
950520。
最后一个数字，她用力浑身的力气按下去。
"咔嚓"一声。
保险箱开了。

温毓满头都是汗，不知道是该哭还是该笑。

密码是她来到温家的日子。

她记得有一次她借用他的手机，手机设有密码打不开，他笑着揉她的头："是你的生日。"

对温岫来说，那一天是她的重生之日。

他也曾把她看得那样重要，所以她不明白，为什么一个人会有两张面孔，而她，究竟要去相信，哪一个？

保险箱里很多文件资料，她翻找了许久却都是一些正常的合同资料，根本没有不对劲的，直到看到那个压在文件下面，与这个保险箱格格不入的纸盒子。

是一个很普通的小纸盒，她咽了咽口水，将它拿出来，而后小心翼翼地打开。

里面是一些零零碎碎的东西，便笺条、照片、小物件等等，每一样都像是在叫嚣着告诉她，它们的主人是顾璇。

对，这就是顾璇提起过的那个盒子。

她怒极反笑，连她都没办法给温岫再找借口了。

只是郁墨提到的资料却始终找不到，她只能把箱门阖上。

温毓蹲得太久，腿有些发麻，刚想起身，却忽然听到走廊里传来声响，是温岫的声音！

她不敢再起身，重新蹲下去，躲在了书桌下。

温岫很快开门进来，在门口停了两秒，就要往书桌这边走来。

温毓往里缩了缩，呼吸都快要停止。

温岫却在书桌前停住，又传来声音："晏家小少爷来了，说要见您。"

"嗯。"温岫转身，在沙发坐下，"让他上来吧。"

温毓却皱了眉头，不明白晏怀先怎么会来这里？

晏怀先很快就到了。

温岫迎他坐下，笑着问他："怎么，有什么事？"

"其实我是想找温毓，只是怕过于唐突，所以才……"晏怀先似是有些不好意思的模样。

"那我让人去把阿毓叫过来，我们先坐一会儿。"温岫喊了人，然后给晏怀先倒茶，"怎么样？应该要选国外的学校了吧？有没有想去的？"

"那只是我父亲的一厢情愿而已，我本身并不愿意出国。毕竟你知道，我父亲身体不好，我叔叔却……"晏怀先笑笑，没有继续说下去。

温历自然不傻，也没有提起晏司武，只说："你这个年纪，精力还是要放在学习上，不要总管一些闲事浪费时间。"

"那也要看我想不想管了。"

去叫温毓的莫姨来回话："小小姐不在房间。"

"是吗？"

晏怀先蹙眉，忽然说道："温大哥，那不知道你能不能先带我参观一下，我上次来便对这些装饰很有兴趣。"

"你有兴趣，我当然作陪，请吧。"

两人终于起身出去。

听到走远的脚步声，温毓才慌忙出来，一瘸一拐地来到门口，走廊里没有人，她抱着盒子赶紧跑回房间。

等脚麻好转，温毓藏好那个纸盒，这才像是什么都没有发生过一样走了出去，在后花园找到了晏怀先和温岫。

"你怎么也在这里？"温毓一脸不满。

温岫笑得温和："人家特地来找你,你就这样的态度?好了,刚刚去哪里了?怎么都找不到你,现在出来了就陪陪怀先,我就不打扰你们了。"

"多谢温大哥。"晏怀先目送温岫走远,而后一把抓住温毓的胳膊就走到角落,压低了声音,"你刚刚是不是就在温岫的书房?"

"你怎么会来温家?"温毓不答反问。

"要是我不来,你打算怎么办?"晏怀先有些无奈,"我就是怕你想不开才来找你,幸好我来了。那,你找到了吗?"

"没有。"温毓说,"没找到。"

晏怀先揉了揉她的头发："温毓,你现在脸色很不好,真的确定你能面对温岫?这样吧,我带你出去吃饭?"

"不用,我没关系。"她本能地拒绝。

可面对晏怀先,她的所有抗拒都显得那样没有力气。

晏怀先直接带着她离开后花园,在客厅里遇见温岫："温大哥,我想带阿毓出去吃晚饭。"

温岫皱眉："还是留在家里吃吧,你也留下来,吃了再走?"

"我想和阿毓单独待着。"晏怀先笑得像个普通的男孩,"温大哥应该不会拒绝吧?"

他这样说,温岫便不好拒绝,只说："那我让人送你们……"

"吃过晚饭我会把温毓送回来的,温大哥你不用担心。"

温岫送他们到车上,对温毓说："早点回来。"

温毓应一声,和往常一样的话却让她有了异样的心情。

车子终于驶离温家。

温毓坐在晏怀先身边,晏怀先转身看她。

"温毓,我在调查他的事情,他现在已经有所察觉,我们除了先发制人,没有别的办法。"

　　"什么?"

　　"我查了这么久,他没有察觉才是不正常,所以温毓,我们已经不能退缩了。"晏怀先握住她的手,"我知道你还是不相信,可是……"

　　话还没说完,车子忽然猛地震荡了一下,他有些不满,叫司机:"你怎么开车的?"

　　司机脸色有些发白:"小少爷,车有些不对劲,刹车好像踩不下去……"

　　"你说什么?"

　　温毓的脸白得不像话,轻声问他:"所以,我们已经晚了,是吗?"

　　晏怀先紧紧地握紧她的手:"别担心,不会有事的!"

　　他的话才刚刚说完,司机便猛打方向盘,一辆私家车堪堪从他们车边擦过。

　　温毓没坐稳,倒进了晏怀先的怀里,他干脆紧紧地抱住她,声音响在她的耳边:"阿毓,不要怕。"

　　她仰头,看到他微微颤动的瞳孔,她知道,其实他也在害怕。

　　他抬手抚了抚她的脸,低下头,唇在她的额角轻轻一碰,又说一遍:"别怕,有我在。"

　　她轻颤着闭上了双眼。

　　她不怕,她只是后悔。

　　后悔让他遇到她。

　　司机好不容易才稳住车,前面却是一个急转弯,偏偏一辆货车就这样冲过来,司机再度打方向盘,车子直接冲向路边的护栏。

　　而后,便是天旋地转。

和晏怀先交握的手不知道什么时候已经松开,她在冲击中只觉眼前一片血色,不知身在何处,左脸和浑身都像是从玻璃中滚过一样,疼得她左眼根本就睁不开。

她还隐约有一丝意识,缓缓睁开右眼,在透过红色,她看到不远处,车子翻倒,晏怀先在窗户已经完全碎裂的车里。而她不知道什么时候已经被甩了出来。

她想叫他,可声音从喉咙里出来便破碎,她想动,可浑身都没有力气,一动都动不了。

对不起啊,晏怀先。

温毓缓缓闭上双眼,眼角有泪:如果能重来,晏怀先,你一定不要再遇见我。

如果天黑之前来得及,你最好最好,不要再记得我。

温毓是在一天之后醒过来的,睁眼之后她才发现只有右眼能看到,左眼像是被什么蒙住了一样,什么都看不到。

有女人迎上来,那张脸并不熟悉,可却一脸的关切和哀伤。

那个人叫她:"阿璇,你醒了?医生,医生,她醒了!"

温毓恍恍惚惚,一切都像是在梦中。

她被带去做了一系列检查才又回到了病房,是四人间的病房,吵吵嚷嚷着,让她头疼,可左脸更疼,她好不容易才抬手去碰,却只碰到了纱布,她的左脸都被纱布包扎起来。

那个女人又迎上来,握着她的手说:"阿璇,要不是医院里你护士林阿姨给我打电话,我还不知道你居然出了车祸,现在没事了,好在终于找到你了,这么长时间都没有音讯,妈真的以为你已经……"她抹着眼泪再也说不下去。

阿璇？顾璇？

她仔细看，终于认出，那个拉着她手哭的女人就是顾璇的养母。

她不是温毓，而是顾璇？

"你叫我，什么？"温毓听到自己的声音，沙哑而低沉，和以往的一点都不一样。

"阿璇啊？你怎么了？难道是被车撞坏了脑袋？"

"顾璇？"

"是啊，顾璇，你不就叫顾璇吗？你这是忘了吗？难不成和电视里演的那样，把之前的事情都忘了吗？"

温毓忍不住笑了下，她缓缓闭上了眼睛，无论如何也想不到会是这样一个结局。

阿璇啊，我一直一直都在找你，现在，我却成了你。

与此同时，同一家医院28楼的私人病房，一个纤瘦的女孩坐在病床上，脸上蒙着厚厚的纱布。

医生敲门进来，有人和医生说话："能拆纱布了？"

"嗯，是。"

纱布一层层地被逐渐摘下，女孩的脸慢慢展现在他们面前，阳光落在她的脸上，那样光洁透亮，完美无缺。

她缓缓睁开眼睛，看向病房里除了医生之外的另一个人。

她记得他的声音，除了医生，一直来看她的就是他。

而现在，这个男人俯身看她，抬手，修长的手指在她的脸颊一点点抚过，脸上的笑容那么温柔可亲："真像，真漂亮。"连声音都那么好听。

她眨了眨眼睛，有些不明所以，只是笑着看他，看这个她唯一认识的人。

她好像生了什么病,又或者出了什么事故,已经在医院里很久很久,以前的事情,她什么都不记得了。

"你还记得你叫什么吗?"他问她。

她摇摇头。

他将她颊边的头发捋到耳后,声音柔和、亲昵:"你叫温毓。温暖的温,毓秀的毓。你有一个严苛的父亲叫温历,有个好友叫郁砚,有个一直追求你却被你拒绝的男生易文钦,还有一个很喜欢你,你也喜欢的男生,昨天他刚和你一起出了车祸,现在还昏迷不醒,叫晏怀先。"

"那你呢?"她皱了皱眉问。

"我?"他笑,"我叫温岫,是你最亲爱的哥哥。"

番外一 她不信命——顾璇

这是一幢再普通简陋不过的平房,隔壁有一个塑料搭起的棚,大堆的垃圾在里面堆积成山,泛着令人恶心的臭味。

平房里有一阵阵的吵闹声传来。

"读什么读?家里哪有钱让她去读书!"

"可是我们阿璇成绩这么好,不读书多亏啊……"

"还不如早点出去赚钱,你看隔壁那谁家的女儿,初中毕业不也就去赚钱了,就她不一样?"

"那个女娃的成绩能和我们阿璇比吗?老顾,你再想想,啊?"

顾璇背靠在房门上,忍不住无奈地笑了一声,这样的对话在近半年已经出现了无数次。

她刚刚参加完中考,成绩排名已经出来,全市前十,没有人比她更想去读书,可那又怎么样呢?家里没有钱,父亲又固执死板,根本不可能同意。

父亲厌烦母亲,开始摔东西,她赶紧开门出去:"爸,你别生气了,我不去读书,我不去总行了吧?"

父亲冷哼一声，冲着母亲说："现在可是她自己说的。我出门了，收塑料的马上就要来了。"

等父亲出门，顾璇咧着嘴朝母亲笑了下，可眼泪却抑制不住地涌了出来。

母亲心疼，抱住她："是我们对不起你，让你连个学都上不起。"

顾璇哽咽着："才不是呢，要不是你们，我长这个样子谁会想要？是你们救了我，让我活下来了，是我对不起你们，就只会拖累你们。"

母亲抬手抚了抚顾璇左脸那一大片红色的胎记，轻叹一声："真是作孽啊！"

顾璇很早就知道，她不是父母的亲生女儿，是十几年前他们在路边捡到的，彼时他们已经多年未能生育，领养又麻烦，就干脆把她带回了家。

母亲疼她，父亲却从来只把她当成出气筒，如果不是九年义务教育，她大概早就被父亲送出去干活给他赚钱了吧。

她也曾经幻想，幻想自己的亲生父母会是怎么样的，想象可能有的各种父慈母爱的场景，可她也知道不过是白日做梦而已，如果她真的有亲生父母，如果她的父母真的还要她，那十几年前，她又怎么可能出现在下着大雨的公路边呢？

所以，她只能认命。

顾璇已经开始在找工作，可是工作不好找，尤其是因为她脸上的大片胎记，那些店家一看到她的脸就摆手说不要，她一次又一次碰壁，回家还要被父亲怒骂无能。

那么残酷又现实。

再一次失望而归。

顾璇一个人缩在泛着不好闻气味的平房里，安静到让她觉得快要窒息了。

有那么一瞬间，她甚至想到了死。是啊，活着能干什么呢？整个世界都容不下她，为什么她还要这样费尽心思地活着？

如果没有那一通电话，顾璇想，她可能已经不在这个世界上了吧。

电话是明扬高中打过来的，"请"她去明扬上学，承诺不收任何学杂费，有一笔奖金，甚至于每个学期如果能依旧保持全市前十，还另有奖学金。

那么像诈骗的一个电话，顾璇却信了，因为这已经是她目前唯一的一条路，能够走下去的路。

她去了一趟明扬见教务处主任，谈的内容和电话里差不多。

走出明扬的时候，顾璇没忍住，蹲在校门口号啕大哭，像个疯子也像是一个傻子。

她想一定是上天依旧眷顾她，所以才给了她这样的机会。

真好啊，她又能去上学了。

和父母说的时候，他们原本是不信的，直到顾璇拿出明扬预先给她的那笔奖金，他们才目瞪口呆，无法言语。

是母亲先反应过来，激动地抱着她哭个不停："好好好，阿璇，真好……"除了好字，母亲一句别的话都说不出来。

父亲看到录取通知书和奖金，也只能接受现实，冷哼一声："既然有这个机会，那就去吧，不过以后别想家里给你一分钱。"

暑假里顾璇还是去兼职了，奖金全给了父亲，她高中的生活费还没有着落，好在她很快就找到了一份在后厨洗碗的工作，她戴着口罩，头发遮住自己的胎记，像个普通人一样混迹在他们之中。

同事们都是年纪不小的中年人，性格很好，不会嘲笑她偶尔露出来的丑陋胎记。或许是年纪大，阅历深，她这点缺陷在他们眼中便也就不为足道了。

她喜欢这种不被关注、不被嫌弃的日子。

顾璇每天都在后厨工作到九点，然后坐附近的末班车回家。

这天她一如既往地从后门离开饭店，而后快步走向不远处的公交车站。

恰巧路灯坏了，她走得快了些，对面就是公交站台，见没有车，她就闯了次红灯。

没想到另外一边的转弯口会突然有车子驶出来，她下意识地停了下来，被那刺眼的车灯闪得整个人都忘了动作，眼看着就要被撞到。

好在司机及时踩下刹车，她和车头轻轻碰了下，没站稳瘫坐在地上，依旧有些神思恍惚。

在死神接近的时候，她才发现，她原来一点都不想死，她想活，她是那么急迫地想要活下去。

驾驶座有人下来，是一个年级有些大的中年男人，蹲下来抚他，满脸温和："小姑娘，你没事吧？跟我们去医院检查下？"

顾璇连忙摆手："不用的，我没事，没有撞到，而且也是我乱穿马路，对不起啊。"

"万一伤到了哪里呢？"中年男人不肯让步。

顾璇有些害怕，他虽然慈眉善目，她虽然丑陋不堪，可万一他有什么坏心思……

"没，没关系的，我还要回家呢。"

车子后座的车门忽然打开,一个带着冷意的年轻女声传来:"莫叔?"

顾璇下意识地抬眸看过去,出来的是一个很漂亮的女生,和她差不多大,穿着黑色的连衣裙,眉眼冷清,可脸上却没什么不耐烦的表情。

莫叔回头:"小小姐,这小姑娘不肯去医院,你说要是受了内伤怎么办?"

顾璇看着那个女生缓缓走近,而后一点一点地意识到自己与她的天差地别。

真羡慕啊,有人可以活得那么幸福。

她下意识地往后退了两步:"我真的没事,我,我回家了。"在这么美好的人面前,她自惭形秽。

那个女生忽然叫住她:"等一下,你等一下。"脸上没了方才的淡然,快步走了过去,停在她面前,"你,你的脸……"

因为已经到了晚上,顾璇出了饭店之后就把口罩摘掉了,刚刚她心神不宁没在意,这会儿被提及才恍然明白过来,连忙伸手捂住自己的左脸:"对,对不起……"她转身要走。

那个女生一把抓住她:"你叫什么?"

如果现在地上有个洞,顾璇想她一定立马跳进去。

可是没有,她只能紧紧捂着脸,想逃,却逃不了。

车里又出来一个女生,软软地叫:"阿毓,怎么了?还没解决吗?"

被叫作阿毓的女生分了神,顾璇瞬间逃脱,恰好有公交车到,她连忙跑了上去,这才松了一口气。

公交车已经开了,顾璇从窗口望出去,那个阿毓还站在原地,怔怔地望着公交车开走的方向。

顾璇不觉有些莫名，很多人看到她的胎记大多是害怕的、抗拒的，而那个女生，却有些恍惚。

她耸耸肩，只把这当作是一个小小的插曲，那样一个站在高处的人，和她是不会再有什么交集的。

两个月的暑假很快就过去，明扬高中终于开学了。明扬一个季度会发两套校服，顾璇连买衣服的钱都省了，格外开心。

刚开学，他们这些因为成绩好而被特招进明扬的十八个学生便一起拍了张合照，被放在了明扬校报的头条。

明扬还有专门的宿舍，四人一间，作为J市最好的私立学校，条件自然不用说，住宿费也是学校包办，顾璇从没有像现在这样开心过，整个人都像是都得到了新生。

她以为，从今以后，她终于可以不再像过去那样活，可她不知道，这个世界远没有她想象的那样简单而纯粹。

顾璇到宿舍的时候，已经有一个女生在了，正在上铺收拾，看到她进来，探出头来，笑着："你好，我叫夏小满。"

她看到顾璇，认出来，道："你还记得我吗？我也是特招进来的，之前还一起合照了呢。"

顾璇依旧戴着口罩，仰头去看，她自然记得夏小满，拍照的时候就站在她身旁，娇小可爱。

她点点头："你好，我叫顾璇。"

夏小满很热情，正好收拾好床铺就马上下来："其实我本来是不想来明扬的，虽然这里条件好但毕竟是私立学校，可是我家里条件不好，这里免学费还给奖金，听说老师也很好，我妈就非让我来了……"

顾璇从前就没什么朋友，同龄人都因为她的胎记对她避之唯恐不及，这几乎是头一次有人愿意和她说这么多话，她应一声："嗯，要不是明扬，我可能就上不了学了。"

夏小满指指她的口罩："在宿舍你也要戴着口罩吗？"

顾璇有些惊恐，下意识地低垂了头，伸手捂住了脸没有说话。

夏小满马上明白她这是误会了，连忙解释："我不是那个意思啊，你不要误会，我只是怕你会闷着。"

顾璇依旧低着头，闷声说道："可是很丑，会吓到你的。"

夏小满笑起来，像是一个天使："是不漂亮，可是这又不是你愿意的。它是你身体的一部分，我想和你做朋友，是和有它的你做朋友啊。刚刚拍照的时候我不是已经见到过了？我也没有害怕吧。"

顾璇抿抿唇，小心翼翼地抬眼看她。

夏小满给她一个鼓励的眼神。

她终于摘了口罩，尴尬地笑了笑："是不是，真的很丑？"

"像是一个爱心！"夏小满笑。

看着她笑，顾璇也忍不住笑了起来。

真好，一切都那么美好，都是她曾经梦想中的那个样子。

她以为，她终于也有机会得到幸福了。

虽然到后来才知道，这只是她的以为而已，所谓的幸福啊，从来都没有她的份。

她们正在说话，又有女生进来，有些冷冷的，并不在那十八个特招生里面，她们都没有见过，不觉就有些拘谨。

那女生也没有和她们说话，有人替她把东西都拿进来收拾好，她只需要坐在一旁等着就好。

她终于看到她们，挑挑眉："我叫郁砚。"

"我是夏小满，她是顾璇。"

顾璇抬头看了她一眼，而后便从她脸上看到了明显的不屑和厌恶，她咬唇，重新低下了头。

那种表情和眼神，这十几年来她看到了太多。

宿舍里没有第四个学生进来，顾璇松了一口气，她满心欢喜地期盼着未来，却不曾想，等待着她的，其实是永远都醒不来的噩梦。

和初中时候学生们都乖乖听老师的话不同，明扬的高一（1）班格外吵闹，女生们围在一起叽叽喳喳说个不停，男生们或者打闹，或者坐在桌子上聊天，哪里像是教室，再放点音乐就成了酒吧。

高一（1）班除了顾璇和夏小满两人，其他都是富贵家里出来的少爷小姐，花点钱便能进来享受高层次的教育，他们最不屑的，就是顾璇和夏小满这种人。

还有一前一后两个座位空着，顾璇和夏小满坐过去，和整个教室，和那些学生都那样的格格不入。

他们分明都穿着同样的校服，可事实上她们是异类，也是可供他们取笑的对象。

坐在顾璇前面的女生有一头好看的长卷发，在阳光下闪着光泽，顾璇抬手摸了摸自己毛糙又分叉的头发，忍不住低下了头。

她听到前座的女生在和别人聊天，知道了她叫杨从玦，开学前刚去烫了头发，暑假还由妈妈陪着一起去了欧洲玩，那是一个怎样令她无法想象的美妙世界。

真羡慕，顾璇真的很羡慕。

杨从玦忽然回头看了一眼,然后惊呼一声:"天哪!怎么会这么丑!"

顾璇一怔,瞬间捂住了脸上那块明显的胎记。

杨从玦的声音太尖太利,以至于在她惊呼之后全班几乎都一一往这里看过来,顾璇瞬间就几乎成了整个班级的焦点。

她太害怕这种被人围观的感觉,整张脸都埋在了桌子上不敢动弹,吓得浑身发抖。

李绪瑶问杨从玦:"怎么了?我刚没看到。"竟然是格外可惜的语气。

杨从玦拍着桌子笑:"你不知道,她半张脸上都是胎记,就这一块。"说着还比画了一下,"红色的,特别丑,天哪,丑成这样怎么还敢出门啊,换成是我,真的是死了算了。"

李绪瑶捂着嘴笑:"从玦你可真是的,你怎么可能会是那个样子啊,我们班里你最漂亮了好不好?"

杨从玦是真的很漂亮,像是一个洋娃娃。可是漂亮又有什么用呢?她的心,早就已经黑透了啊。

顾璇咬着唇,她们的话就像是尖刀,一刀一刀全都刺进她的胸膛。她以为自己早就已经习惯别人的嘲讽,可到现在才发现,原来她依旧那么在意。

为什么她会那么丑呢?

为什么这个世界,就是这样不公平呢?

有的人可以活在大富之家,拥有完美的身材和完美的容貌,而有的人,就一定只能被所有人嫌弃和怒骂呢?

没有谁想要活成这个样子的,她一点都不想。

"把头抬起来让我们瑶瑶看看嘛!"杨从玦笑着说,"大家都等着看呢,你藏得这么严实干什么,反正以后大家总会见到的咯。"

又有人围上来,一个一个七嘴八舌。

"真的有那么丑?我还只在电视里看过那种人呢?"

"真的,换成是我,哪里还敢出门啊!她还挺有勇气。"

"怎么都不抬起头让我们看看啊,真是的,有什么好藏着掖着的。"

她害怕,很害怕。

有没有谁可以来救救她?

"你们不要这样……"有一个弱弱的声音响起来,"她也不是自己想这个样子的,你们不能……"夏小满好不容易才站起身,鼓起勇气说道。

周围一阵安静,然后齐齐笑出声来,杨从玦笑得最为大声:"哟,看来你也是十八罗汉中的一个啊,怎么?我们说你朋友心疼了?"

十八罗汉,是他们给那十八个因为成绩好而被特招进来的同学起的外号。

夏小满咬着唇:"反正,反正你们不能这样……"

"不能怎么样啊?"杨从玦起身,要朝夏小满走去。

顾璇深吸一口气,猛地抬头:"你们不要欺负小满……"

所有的声音在一瞬间消失,倒吸一口气的声音就显得那样明显,大家一片哗然,吵吵嚷嚷:"天哪,我还以为杨从玦夸张呢,怎么会这么丑啊!"

"不行了,我不能再看了,今天要吃不下饭了。"

杨从玦笑:"我给你取个名字吧,嗯……丑八怪怎么样?不觉得和你特别搭吗哈哈!"

"丑八怪好,丑八怪好。"李绪瑶在一旁附和,"她绝对是十八罗汉之首,牛!"

除了夏小满，没有人知道顾璇的名字，所有人都只叫她，丑八怪。

如果这是能继续上学的代价，顾璇想，她一定能忍下去的，一定可以的。

短短的一天，顾璇却觉得自己已经过了一整年。

她在别的同学眼中，不仅仅是异类，更是怪物。

终于放学，夏小满和顾璇一起回宿舍。

顾璇一直闷闷不乐，夏小满有心想劝，可开口之后又不知道该说什么，思来想去之后只是叫了她一声："阿璇……"

带着颤意的声音在安静的小道上显得格外清晰。

顾璇的步子一顿，很久都没能迈出步伐。

"阿璇，你怎么了？没事吗？"

顾璇终于抬起头，脸上不知何时已经满是泪水，眼睛红得不像话："小满，谢谢你，谢谢你……"

她不是丑八怪，不是异类也不是怪物，她只是顾璇而已啊……

为什么，大家都看不到呢？

她们回到宿舍的时候，郁砚还没在，如此她们反倒比较轻松，只有夏小满在；顾璇才敢说话，才敢笑。

"小满。"顾璇说，"以后她们要是欺负我的话，你不要替我说话。"

"那怎么行，我们是朋友啊……"

顾璇握住她的手，整颗心都被她的"朋友"二字熨帖了："对啊，因为我们是朋友，我才不希望你也因为我被她们欺负。她们现在的目标是我，如果你为了帮我也……那我肯定会自责的，小满，我不想这样。"

夏小满叹一声："其实我也不敢和她们作对，可是阿璇，以后怎么办？她们肯定不会就这么算了的。"

是啊，她们肯定不会就这么算了的。

好不容易找到一些乐子，怎么可能就这样放过呢？

从最开始的言语侮辱到后来的动手动脚，顾璇受到的欺负，一天比一天严重。

不过就是忍而已，她想，已经忍了十几年，这三年，难道还忍不过吗？

为了大学的学费和生活费，顾璇又去找了个兼职，是在酒吧里打扫厕所，工资不低，就是过于杂乱。

不过她也不敢兼职得太晚，十点前会和别人交班赶回学校。

到学校的时候已经十点多，校园里安静得不像话，她不免有些害怕，走得快一些，好在宿舍不远。

宿舍前停着一辆车，里面像是有人，她下意识扫一眼就收回眼神，大步往宿舍楼里去。

"顾璇。"忽然有人从身后叫她，是个女生。

顾璇停下脚步，回身去看。

不过一眼，她就记起了这个站在车边的女生是谁。

是暑假里在公交站边拉着不让她走的那个叫阿毓的女生。

她记得那样清晰一来是因为自己本身记忆力就好，再者这个阿毓给她的印象实在很深，漂亮冷傲，而且总觉得格外眼熟，像是她很久很久以前就见过一样。

顾璇不知道，这个和她不是一个世界的女生为什么会来找她。

她怔怔地看着阿毓来到自己面前，轻声说："我叫温毓，你叫顾璇，对吗?"

顾璇点点头,满脸疑惑和不解:"你怎么……你为什么来找我?我们应该不认识。"

"不,"温毓说,"我们认识。"

不可能。

尽管温毓总给她很熟悉的感觉,可顾璇知道自己绝对不可能认识她。这样一个特别的人,她不可能没有半点印象。

温毓看着她的眼神和任何人都不同,不像大部分人的嫌弃,也同母亲、夏小满她们的同情不一样。温毓看着她,就像是看着一个正常人,就像是她和所有人都一样,没有一丁点区别。

"你真的,一丁点都不记得我了吗?"

温毓说得这样诚恳而真挚,顾璇又一番回想,可事实上她真的一点都想不起来了。

她有些无奈地说:"或许是你记错了……"

她话还没说完,温毓已经说道:"我不会记错,五岁之前,我们一直在一起,我怎么会记错。"

"五岁之前……"顾璇扯了扯唇,"对不起啊,五岁之前的事情我都不记得了,我母亲说大概是我那时候烧坏了脑袋,不过既然你说我们这么小就是朋友,那你知道,我……"顿了顿,她又摇摇头,"算了,没什么。"

五岁很小,可若不是失忆,怎么都会有有些印象,尽管可能只是一些碎片化的记忆。

就像温毓自己也是,她不记得全部,可她记得顾璇,记得她们在一起时的一些事情,也记得她左脸有些像心形的红色胎记。

温毓有些颓然地垮了肩，在听到她的话之后像是受到了极大的打击。顾璇想叫她，可又有些不敢，也有些不明白。

不记得的是她自己，和温毓又有什么关系？

"阿璇。"温毓终于抬头看她，"我们不是朋友，我们是姐妹，双胞胎姐妹。"

顾璇怔怔地看着温毓的脸，确定她不是在开玩笑之后，反倒是笑了出来："温小姐，你开什么玩笑，怎么可能？双胞胎姐妹怎么会这么不像？你那时候那样小，肯定是记错了吧。"

"我没有记错，你就是她。我找了你这么久，如果不是确定，我不会来认你的。"温毓说，"你说我们不像，不，我们很像，只是大家都只看到你脸上的胎记而已！"

"对不起。"顾璇笑了笑，不相信她说的任何一句话，"已经很晚了，明天还要早起上课，我想回去休息了。"

温毓想拦，可她知道自己拦不住，只能答应："好，可是我总有一天会让你知道，我说的都是实话。阿璇，我会再来找你的。"

顾璇没有回应她，只是转身走了，走了两步又停下来回头看她："可是温毓，我们真的不像，你是富家千金，而我是被所有人都嫌弃的丑八怪。如果我们真的是姐妹，为什么我会这么不像呢？"说完，顾璇大步走进了宿舍楼里，再也没了踪影。

温毓怔然望着她离开的方向，忍不住低头苦笑了一下。

自从那天晚上之后，顾璇便发现温毓时常来找她，大多只是来找她随便聊聊天，她也知道了温毓不是明扬的学生，中考靠进了H中，J市最好的高中，是她一直最想进的学校。

顾璇羡慕她，羡慕她长得美家世好，羡慕她成绩好能进H中，羡慕她的一切和一切，可不知道为什么，顾璇一丁点都不嫉妒。

只是觉得温毓这样就很好，却从没有一瞬间想把这一切抢过来据为己有。

温毓值得这一切的好，不像她自己，和这些从来都没有缘分。

温毓虽然冷淡，可顾璇能感觉出来她想同自己靠近的努力，两人倒是的确亲近了不少。

可是顾璇从来都不会和她说自己在学校遭遇到的一切。

自己在她面前，已经卑微渺小得像是一粒尘土，顾璇实在不愿意再让她知道，自己其实连尘土都算不上。

而温毓却不一样，她像是她那段最黑暗生活中唯一的亮光。

在这个没有任何人可以依靠的明扬，是温毓的存在，才让她在一次又一次绝望之后又重新燃起了希望。

她多么渴望，总有一天，自己也能活得像温毓一样。

如果没有那件事情，顾璇想，她的人生就应该完全不一样了吧。

可是命运从来都来得这样汹涌，根本不给人任何反应的时间，有时候，不能不信命。

顾璇格外喜欢教学楼的天台，因为无人打扫的缘故，没有什么人会上来，安静得像是天堂。

在这里，不会有嘲笑，不会有欺辱。

有的，只有她自己。

每次不开心她便会上天台，躲在角落，听一首歌，一切就都变得没什么大不了。

她有一个MP3，是母亲收垃圾的时候无意间找到的，她摆弄了一下发现还能用就拿过来听歌了。

她像往常一样，躲在无人能看到的角落，打开MP3，将耳机塞入耳朵，当音乐响起的那一瞬间，她仿佛进入了另外一个世界。

阳光很好，风有些冷，一切都变得美好起来。

这是她最喜欢的一首歌 *I Am You*。

I am tied by truth like an anchor 像是锚一样，我被现实束缚着

Anchored to a bottomless sea 牢牢地系于深不可测的海洋

I am floating freely in the heavens 我自由自在地游走在天堂

Held in by your heart's gravity 就这样被你深深吸引

……

You're me with your arms on a chain 你就是我手被链条束缚

Linked eternally in what we can't undo 永远地绑在一起我们都无法解开

And I am you 我就是你

……

顾璇正眯着眼睛在听歌，却忽然有对话声传来，声音很大，让她无法不去注意。

她摘下耳机，小心翼翼地往有人的地方看了一眼，居然是学校的董事温岫和她们的美术老师郁墨。

温岫手里拿着一沓不薄的文件，直接摔在了郁墨的脸上，声音冷淡，和平时那个温文有礼的他完全不一样。

"怎么？以为会神不知鬼不觉？还是以为就凭这么东西就能害我？郁墨，你未免太蠢了一点。"

郁墨苍白着脸，强撑着开口："温岫，你会下地狱的。"

"就算是下地狱，我也会拉着你一起，你就别妄想能从我身边逃开了！"他靠近她一步，伸手捏住她的下巴，用了力气，"再有下一次，可不会像这次这么简单放过你了，你应该知道的。"

顾璇屏住呼吸不敢出声，小心翼翼地探出头去看。

温岫已经离开了，郁墨却被他甩在了地上，怔怔地在发愣。

一个黑衣男人在温岫之后来到了天台，把地上散得到处都是的纸张一一收了回去，而后站在郁墨面前，冷声道："郁小姐，希望你不要一再地挑战温先生的底线，你别忘了，你还有个妹妹……"

郁墨咬牙，仰头："走狗！告诉温岫，他要对付我可以，不要再利用小砚！"

"话我会帮你带到的。"黑衣男人微微点头，转身离开。

郁墨低头，伸手捂住了脸，浑身都在颤抖。

顾璇一直没敢出去，直到郁墨也离开了天台，这才松了一口气，起身打算离开。

她将MP3收了一下放回口袋，低头就看到了在她身边的两张纸，大概是方才温岫扔开的时候被风吹到这里来的。

想起刚刚那个完全不一样的温岫，顾璇忍不住打了个寒战，谁能想到撕开了平常温润的面具，他的真实面目居然会是那个样子的？

她将那两张纸捡了起来，是一份合约的中间两张内容，她看了一眼，因为没有连续性所以看不懂，不过左右不是一些好的东西，里面的一些字句能看出和学校正在建造的体育馆有关。

她将这两张纸折叠起来，同样放回口袋，这才迅速离开了天台。

顾璇一直以为这是一件小到再小的事情，所以根本没有把它放在心上，那两张纸她也只是顺手夹在了书里。

期末考试的前一周周五，温毓又来找了她一次。

"下周考试了吧？"温毓问她，"听说考到全市前十有奖学金是吗？你不要紧张，到时候就……"

顾璇忍不住笑："紧张的是你吧？我可一点都没紧张。"

"好吧。"温毓有些无奈，"大概是关心则乱。"

两人都不是喜欢说话的，经常说了两句就无话可说，气氛就有些尴尬。

"阿璇，你晚上不要去兼职了，太危险。"温毓说，"以后还有我。"

"一点都不危险。你看我的脸，有什么危险的？"顾璇自嘲。

"那也不行，万一出事了呢？"温毓肃然。

顾璇忍不住笑："你倒像是个妈妈。"

哪有把自己孩子都丢了的妈妈？

温毓抿抿唇，从口袋里拿出一个盒子，递给她："送你的礼物。"

"什么？"她没敢接。

温毓把东西塞到她怀里："你自己看。"

顾璇打开，居然是一枚发夹，蝴蝶结的形状，上面还闪着钻石般的光芒。

温毓有些不好意思："我不知道你喜欢什么，我自己也不喜欢这些，有个朋友说女孩子会喜欢这种东西，希望你不要嫌弃。"

"真漂亮。"她轻叹，"真的，特别漂亮。谢谢你。"

"你喜欢就好。"温毓笑起来，比夜空中那轮月亮还要美。

顾璇望着她的笑容，也忍不住笑了起来。

她其实已经相信，她就是她十多年未曾谋面的姐姐，那种仿佛可以心灵相通的感觉，她只有在温毓身上感受过。

回到宿舍，顾璇便想把发夹放起来，可想了想，又拿了出来。

这会儿宿舍里一个人都没有，她便忍不住摘下了帽子，小心翼翼地对着镜子将发夹夹了上去。

真好看，好看的是那枚发夹。

真丑，丑的是她的那张脸，以及被她们剪得乱七八糟的头发。

她重新把发夹取了下来，这么漂亮的东西，应该更配温毓才对。

因为马上就要期末考试，周末的时候顾璇没去兼职，只是回了一趟家，母亲正在翻箱倒柜整理东西，她就在一旁帮忙。

橱柜深处有一个小纸盒子，她拿出来看，记不起这是什么。

"妈，这是什么？"

"什么？"母亲凑过来看一眼，"我也不记得了，你哪里找到的？"

顾璇指了指橱柜。

母亲也不记得，她便打开看了一眼，都是一些小时候的小玩意儿，她当宝贝一样收了起来，她有些无奈地笑了笑，刚想把盖子盖回去却忽然有东西在眼前一闪。

她从那堆小玩意儿中翻出了一张照片，照片有些老旧，上面是两个小女孩儿，肩并着肩站在一个门前。

顾璇一眼就认出那是自己和温毓。

温毓和小时候差不多，没变多少。她也是，没什么变化，连那块胎记也是。

顾璇忍不住就笑起来，开心地把盒子抱在了怀里。

母亲有些不解："怎么了？那是什么？"

"没什么，就是小时候的一些东西。"

母亲摇头失笑："这傻孩子。"

顾璇把那个盒子带回了学校，等期末考试考完就给温毓打了个电话，也想快点给她看看那张照片。

打完电话之后，顾璇先把宿舍的东西收拾了下，正好看到书里夹着的那两张纸，她就顺便把它放在了那个纸盒子里，去教学楼前还特意把温毓送她的发夹戴在了头上。

夏小满看到她出门，忍不住叫她："你去哪里啊？今天还去兼职吗？"

"不是，我去下教学楼见一个人。"

夏小满应一声："我等会儿也要去拿点东西，你应该没那么快走吧？我一个人去有点害怕，那边应该没什么人了。"

"嗯，我应该没那么快回来的。"

温毓还没来，她一个人在教室里自习。

因为期末考试已经结束，大部分学生都已经回家或者在宿舍，整个教学楼空空荡荡的，安静得厉害，怪不得夏小满会说害怕。

可顾璇向来习惯了一个人，再者她一点都不相信鬼神，也就没什么可怕的了。

走廊里忽然传来脚步声，不像是夏小满，她以为是温毓，下意识地抬起头来。

脚步声越来越近，她带着笑容，看着教室前门被人打开。

顾璇蓦然起身，望着那个不该出现在这里的人，往后退了一步，正好撞到桌子，桌脚在地面上蹭过，一阵难听刺耳的响声。

是温岫。

他走进教室，而后缓缓地关上了门。

他依旧戴着那张面具，往里走了一步，笑得像是一个谦谦君子："顾璇是吧？"

顾璇又往后退了一步："是，是……"声音里带着颤抖。

"你那边是不是有什么东西？嗯，你不该有的那种。"他一点一点靠近，顾璇感觉自己都快呼吸不过来。

"我，我不知道……"顾璇往门口挪，"我不知道你在说什么。"

温岫笑了下，像是狐狸终于露出了他的尾巴："让我们把这件事情想得简单点，你把东西拿出来，一切就都解决了，不是吗？"

不。

顾璇知道不是这样的。

她不是傻子，知道那两张纸代表什么，如果她拿出来了，他会知道她肯定看过，那她还能再这个学校待下去吗？

她是一个最普通不过的学生，而他却是拥有绝对权力的董事。

"我真的不知道。什么东西我真的没听说过也没有见过，我不知道你为什么这样问我，我真的，真的不知道。"

温岫走到顾璇面前，笑容不知道什么时候已经消失无踪，浑身散发着冷意："不要再狡辩，监控里拍下了一切，那个时候你明明就在天台，你看到了一切不是吗？"

顾璇咬唇，身体不由自主地发着抖，她无从反驳，也知道所有的一切都已经搞砸了。

为什么，那天她为什么就偏偏在天台，为什么她要听到那些对话，看到不该看的东西？

"你还有什么想说的吗？"温岫压低了声音，像是一个魔鬼。

顾璇垂在身侧的手紧紧地揪住了衣角，她要逃，她知道她一定要逃。

趁温岫没反应过来，她猛地一把将他推开，迅速打开教室门冲了出去。

"呼……呼……"顾璇喘着气不停地跑，她下意识地往后看了一眼，温岫离她越来越近了，"不要，不要过来，不要……"

跑不完的楼梯，永远都没有尽头的路，不知道怎么回事居然又跑到了天台，她用尽全力推开那扇厚重的铁门，眼前是寒风肆虐的天台，她喘着气将门关住，而后靠着墙坐下来，深吸了一口气。

今夜的月色格外亮，她仰头看了一眼，清冽的月光洒在了天台上，她缓缓起身，在月光下走到了铁栏边往下望去，整个学校仿佛都在她的脚下。

她甚至看到了那个逐渐向她走来的身影，那件白色的外套格外显眼，是温毓。

她勾唇笑了笑，知道自己终于有了活着的希望，刚想叫出声来，路灯忽然簌地灭掉，整个学校陷入了黑暗。

顾璇惊恐地回身看去，那扇被她锁住的铁门传来嘎吱声响，她双手撑在栏杆上，大口地呼气，白色的雾气从她口中蔓延开来，而后消失不见。

这扇铁门的锁早就坏了，温岫一直都知道。

他在推门进去之前，给自己的助理打了个电话，学校的电路便被瞬

间切断，整个学校都陷入黑暗中。

而他，低低地笑了笑，终于推门而入。

因为月光很亮，温岫一眼就看到了靠在栏杆上的顾璇，她头顶的发夹在月光下闪着光亮，因为风吹，头发遮住了那半张满是胎记的脸，右半张脸居然给了他诡异的熟悉感。

和温毓，真像。

这个念头也只是一闪而过。

他一步一步地朝她走过去："偏偏要自寻死路，谁都救不了你。"

顾璇想逃，可是她无处可逃。

温岫很快就来到她面前，她整个人向外倾过去，腰上抵着栏杆，大口地喘气。

她已经没什么力气，根本挡不住，她不停地挣扎，头发胡乱地覆在脸上，而后听到啪嗒一声响，她知道是温毓送她的发夹掉在了地上。

脚下再也踩不到地面，整个人从栏杆翻了出去，迅速地坠落又坠落……

最后出现在她眼前的，是那一轮亮得不像话的圆月。

温岫往外看了一眼，却意外地看到了出现在楼下的温毓。

他没有时间震惊，迅速离开，冲了下去。

清除血迹，删掉监控，拿到东西，带走顾璇，一切都在极短的时间内完成。

只是没想到顾璇居然还没有断气。

助理问他："这个学生怎么办？"

怎么办？

温岫眯眼微微思忖:"先送去医院,然后去查一下她,和温毓有什么关系。"

顾璇觉得自己像是做了一个很长很长的梦,可是梦里空空荡荡,全是刺眼的白色,什么人都没有,什么东西都没有。

等她终于从那片虚无中摆脱,清醒过来的时候,她忽然发现,她居然忘了自己是谁。

她根本没办法起床,眼睛也睁不开,整张脸都蒙上了厚厚的纱布。

她唯一的知觉就是疼,身体疼,脸更疼。

她什么都看不到,也什么都不知道。

经常过来的只有医生,大概是说她失忆了,所以什么都不记得,她问他们她叫什么名字,却始终没有人告诉她。

她逐渐明白过来自己是在一个病房,受了很严重的伤,失去了记忆,脸上也因为受伤做了手术,除此之外,她一无所知。

不知道过了多久,终于有一个不一样的声音出现。

那个声音很温柔,仿佛总是带着笑意,她无端地信任他、依赖他。

可是他不常来,她总是等着他来,想和他说说话,只有她一个人在的病房,实在是太寂寞。

她好几次问过他是谁,问过自己是谁,他却从来都没有回答过她,只说:"总有一天,你会知道的。"

她便一直在等那一天。

时间过得太慢太慢。

她总算等到脸上的纱布被拆下,总算等到可以睁开眼睛。

她终于看到他的模样,和她想象的一样,温柔可亲,脸上带着笑容。她无端地有些心动。

"你还记得你叫什么吗?"他问她。

她摇摇头。

他将她颊边的头发捋到耳后,声音柔和、亲昵:"你叫温毓。温暖的温,毓秀的毓。你有一个严苛的父亲叫温历,有个好友叫郁砚,有个一直追求你却被你拒绝的男生易文钦,还有一个很喜欢你,你也喜欢的男生,昨天他刚和你一起出了车祸,现在还昏迷不醒,叫晏怀先。"

"那你呢?"她皱了皱眉问。

"我?"他笑,"我叫温岫,是你最亲爱的哥哥。"

番外二　我只是想喜欢你啊 —— 郁砚

郁砚从未想过自己会对某个人一见钟情。

直到她见到他，在那个初春的傍晚。

那天是宋寄安的生日会，她和宋寄安一个初中，关系不好不坏，算不得很亲昵，但是家长之间总有些联系，所以她自然非去不可。

宋寄安人缘很好，在她面前，郁砚觉得自己就像是一只丑小鸭，永远都变不成天鹅的丑小鸭。

可明明她也已经很努力，为什么她就做不到像宋寄安那样受欢迎？甚至连她那个姐姐都比不过。

郁砚明白，因为自己不够漂亮。

她长相平平，勉强能说一句漂亮，但无论如何都比不上自己的姐姐，更别说宋寄安了。

宋寄安身边总是围着很多人，但是有一个人是不同的，郁砚知道她叫温毓，是温家的私生女。

初中她们不是一个班，也就只是偶尔碰过面，那时候她便嗤之以鼻，不过区区一个私生女，居然一副唯我独尊的样子，也不知道谁给她的资格。

她那么讨厌她们，讨厌她们都那么漂亮，讨厌她们是很好的朋友。那些热闹都是她们的，不是她的。

在切蛋糕的时候，郁砚一个人偷偷地走开了。

她一个小女孩，在一群大人里显得那样格格不入，她越走越快，却忘了看路，在一个转角处直直地撞上了人。

她没站稳，直接往后坐倒在地，那样狼狈而不堪，怔怔的，她不知道该如何是好，仿佛所有人都在往她这边看笑话。

"没事吧？"她先听到他的声音。

怎么有人的声音会那么好听，温柔婉转，像是一串音符，直接流淌进心底。

随后，一双手伸展在她的面前，那个声音再度响起："我扶你起来。"

郁砚看向那双手，修长白皙，指节微微弯着，等着她的手放上去。

她深吸一口气，抬眼看向微微蹲身的他，就像是他的手，他整个人都很干净温柔，脸上带着笑，眼睛微微弯着，让人忍不住就想要去靠近。

郁砚听到自己的心跳乱了节奏。

她缓缓抬起手，放在他的大手里，他的手温暖有力，握住她的，一下子就把她带了起来。

她站好，理了理自己的衣裙，有些尴尬，不怎么敢抬头看他，怕被他看到自己红透了的脸颊。

"你是寄安的朋友？"他问她，"叫什么，我从来都没见过你。"

她点点头。

"郁砚。"她小心翼翼地说出自己的名字。

他微微一怔，忽然问："郁墨，是你的姐姐？"

她蹙眉，讨厌从他口中听到姐姐的名字，却只能应下："是。"

"你们很不一样。"他随口说了一句，而后道，"她们应该在切蛋糕，你快过去吧。"

很不一样？

哪里不一样？郁墨漂亮，她却平凡吗？

郁砚抿着唇，默不作声。

"怎么发呆了？"他笑，"去晚了可就没有蛋糕吃了，快去吧。"

郁砚轻轻应一声，转身回去，走了两步又停下来，回身问他："你，叫什么名字？"

他一愣，笑："温岫。你应该要上高中了吧？如果来明扬的话，我们会经常见面的。"

她用力点点头："好。"

郁砚原本是不去明扬的，因为郁墨在明扬当老师，她讨厌和郁墨出现在一起，然后被人比较，然后落入下风。

在所有人眼里，她从来都比不上郁墨。

只是郁砚没想到，她提出自己要去明扬的决定之后，郁墨会那样坚决地反对。

"小砚，你成绩不差，可以去 H 中的，明扬太多纨绔子弟，我怕你学坏。"郁墨说。

只要是郁墨不同意的事情，郁砚就更要去做。

"不，我要去明扬，我只要去明扬！"郁砚格外坚决。

"小砚，当姐姐求求你，不要去明扬好不好？"

郁砚冷笑："不过是上个高中，你都不能随我的心？郁墨，我真是越来越讨厌你了。"

"小砚……"

"反正我不管，我只去明扬！"

郁砚的性子格外别扭，只要是她决定的事情便再也没有回转的余地。

她终于如愿以偿地进了明扬，然后又见到了温岫。

只是她没想到温岫竟然是温毓的哥哥，两个人那么不像，一个这么温柔可亲，而另外一个却那么讨人厌。

学校里人太多，她太难和他单独见面。

好不容易才有机会，恰好在楼梯上遇见，她满怀期待地看着他。

温岫认出她："郁砚？你真的来了明扬？"

"嗯。"她说，"我原本就想来这里的。"

他笑了笑，抬手揉了揉她的头发："很好，你可别跟那些人学坏了。"

她连忙点头："我不会的！"

"乖。"他说了一句，便从她身边经过，走开了。

郁砚转头看他离开的背影，伸手捂在胸口，大口地喘气。

乖。

她咬着唇偷笑，他肯定也是喜欢她的。

郁砚不想每天都和郁墨一起上学放学，所以特意住在了学校宿舍，只是没想到大家都不怎么住宿舍，和她住在一起的是两个靠成绩破格录取的穷人，有一个甚至有半张脸的胎记，真是让人恶心。

班里杨从玦她们最喜欢欺负那个丑八怪，她倒是从来没有参与过，只是不屑，没有兴趣。

她同样不喜欢杨从玦，因为讨厌杨从玦长得那么漂亮，所以不愿意和杨从玦同流合污。

太难遇到温岫，难得在路上见到他，郁砚便忍不住跟着他走了好一阵。

她想过许多次自然地走上去和他打招呼，每次要行动了又退了回来，纠结了一路，直到他走进了艺术楼。

郁砚对艺术楼的印象不好，因为郁墨的办公室就在这里。

她犹豫了一下还是跟了上去，偏偏就在美术教室听到了他的声音。

"郁墨，所以你究竟想要说什么？"

而后便是郁墨焦急的声音："不要接近小砚，这一切都和她没有关系，你怎么对我都没有关系……"

"你是不是管得太宽了一些？又或许，"他靠近她，笑，"你吃醋了？"

"温岫！别以为我不知道你在打什么主意，我不会让你得逞，也不会让你靠近小砚的！"

郁砚下意识地往后推了一步，正好撞到门，两人齐齐往门口看过来。

温岫笑了起来，温柔说道："你这么说，小砚怕是要误会了。"

"小砚……"

温岫耸耸肩："你们姐妹应该有话要说，我就先走了。"

郁墨把郁砚拉进了教室，急忙解释："小砚，你听我说，温岫他……"

"他怎么样？"郁砚打断她的话，"你也喜欢他吗？你又要和我抢吗？"

"什么？"郁墨不敢置信。

"是，我喜欢温岫，很喜欢很喜欢他。可是为什么，每次我想要的东西，你都要和我抢？我承认，我没有你漂亮，没有你性格好，没有你讨人喜欢，可为什么，就没有一次你可以让让我。"郁砚甩开她的手，"郁墨，我真讨厌你！"说完，不顾郁墨还有没有话要说，直接转身快步跑了出去。

郁砚在艺术楼下不远处追上了温岫，微微有些气喘，拦在他的去路。

他依旧带着柔柔的笑容："你们说完了？这么快？"

郁砚咬唇，终于鼓起勇气："我喜欢你。"

温岫只是笑着，什么话都没有说。

她心里有些没底，垂着头："你是不是喜欢郁墨？我知道，我没有她漂亮，也没有她聪明，什么都比不上她，可是，可是，我……"

头上多了一只手，他又在她头上揉了揉："傻丫头，别乱想了。"

她的眼睛亮了亮，抬头看他。

他笑："你和我妹妹一样的年纪。"

"可我不想当你妹妹。"她急忙说。

他又笑，看不出什么意味，却没有回答她的话："上课了，快回教室吧。"

温岫又从她的眼前走开，她呆站了一会儿，叫他："温岫。"

他停了脚步，朝她摆摆手，而后又再度走开。

郁砚低头笑。

他没有拒绝。

她就有机会。

郁砚越发不想见到郁墨,同样也不想听她的任何解释。

"小砚。"郁墨好不容易在家里堵住她,"我知道你在想什么,就给我十分钟,我把一切都说给你听。"

"好,就十分钟。"

"温岫他不像你想象的那样好,他表现出来的一切都是假象,他不知道有多可怕。"郁墨一一说完,"小砚,不要喜欢他,你会被他利用。"

郁砚冷笑一声:"说到底,你就是让我不去喜欢他?你还敢说你自己对他没有想法!你分明就是怕他被我抢走!从小到大,你想要的我都给你了,我不抢,也抢不过你,可是我告诉你,现在也该轮到我了。不管他是好是坏,我都喜欢他!"

"小砚,我从来都没有和你抢过什么。"

"因为就算你不抢,那些东西也全都是你的!因为你讨人喜欢,而我却不是!"郁砚一把甩开她的手,"郁墨,我真的很讨厌,很讨厌自己是你的妹妹!"

郁砚在学校停车场拦下温岫的车。

温岫从车里下来,温柔地叫她:"郁砚?怎么了,有事?"

"是,我有事和你说。"她深吸一口气。

他让她坐进车里,只有他们两个人,静得只能听到他们自己的呼吸声。

"有什么事,你说。"

郁砚的双手紧紧地揪在一起,一直没有抬头:"郁墨和我说了。"

"是吗?"他笑着,"说了什么?说我是个坏人?让你不要接近我?可是你怎么又来了?"

郁砚急急地抬眸看他:"不是……"看到他脸上带着了然的笑,她咬唇，有种被看穿的尴尬，"我不知道自己是不是相信她的话，可是不管你是怎么样的人，你都只是你。我，我喜欢你，不管你是好人还是坏人。"

温岫笑了一声："你才多大？就知道什么是喜欢？"

"我知道，我就是知道。"

温岫不置可否。

他一直这样不远不近，郁砚不知道他心里究竟在想些什么。

一个学期很快就过去，期末考试的最后一天，郁砚父亲说来接她回家，可临时有事就晚来了一会儿。

郁砚去食堂吃过晚饭才回宿舍，宿舍里居然一个人都没有，她倒是觉得更好，她和另外两个舍友关系本来就一般。

带回去的东西早在前一天就有人来收拾走了，她没事可做就躺在床上玩手机。

正嫌无聊，手机忽然一阵振动，一个陌生号码发来的短信，她瞥了一眼就瞬间坐直了身体。

是温岫，他说在宿舍楼下。

郁砚连忙起身，换了件衣服又对着镜子看了又看，这才匆匆忙忙跑下楼去。

她站在楼下找了好一会儿才在一旁树影底下看到了人，连忙跑到他面前，微微喘着气："真的是你啊。"

"不确定是我你就敢下来？"

郁砚抿着唇不好意思说话。

温岫继续道："有个忙想请你帮一下，不知道你……"

"什么忙？只要我能做到的，我一定去做。"不等他说完她就连忙说。

"不怕我让你去杀人放火？"

"啊？"她愣了愣。

"你还真信？"他笑着摇摇头，"你和顾璇在一个宿舍？"

"顾璇？就是那个丑八怪？"郁砚不明所以，"是啊，她不在。"

"嗯，能不能帮我去她那里找一下两张纸，她拿了我的东西。"他说，拿出手机给她看照片，"可以吗？你也知道我不方便上去。"

她连忙点头："好，我上去找。"

"这件事情很重要，你一定能做好的，对吧？"

"我会的。"

郁砚平常从不碰其他两个舍友的东西，这会儿只能忍着恶心去翻找她的东西，还好顾璇的物件理得很整齐，找起来不怎么费工夫。

她很快就在顾璇的床头看到了那个纸盒子，一打开就看到了折叠好的纸张，上面写着密密麻麻她看不懂的东西。

她连忙把盒子藏在怀里，匆忙要下去给温岫。

没想到刚离开宿舍就在走廊撞见了夏小满，她做贼心虚，下意识地往旁边躲了躲，没想到夏小满比她还要不在状态，像是根本没有看到她，径直恍惚从她身边走过，进了宿舍。

郁砚松了一口气，连忙快步下楼。

温岫还在那里，她得意地把东西递给他："是不是这个？"

他翻看了一下，而后抬头看她："嗯，是。谢谢你。"他笑，"要我怎么谢你？"

郁砚不好意思地低头笑："能帮到你就好。"

"以后再补偿你，我有事得先走，嗯？"

"你有事就快去忙吧，不用管我的！"

第二学期开学，郁砚才得知顾璇在那个晚上失踪了，不知生死。

她不免胡思乱想，不知道这件事情同温岫究竟有没有什么关系。可是她知道，就算有关系，她也不可能因此放下他，或许也正因为如此，所以那天晚上他才会让她帮忙。

就像她曾经说的，她好不容易有了一个喜欢的人，无论是好是坏，她依旧会喜欢他啊。

郁砚没有想到的是，温毓也会来到明扬。

她依旧那样高傲冷然，不顾一切，轻而易举就同杨从玦她们闹翻，也轻而易举地让一向不问世事的晏怀先站在了她那边。

郁砚并不喜欢她，可她是温岫的妹妹。

她鼓起勇气和她搭话："温毓，你可能还不认识我，我们是一个班的，我叫郁砚。"

"所以呢？"温毓依旧冷冷的。

郁砚仰头看向她的眼睛，也差点被那股冷意吓得退却，不过还是咬牙继续说道："有句话我不知道应不应该说。"

"那你就别说了。"温毓转身就要走。

郁砚连忙伸手抓住她，忍下她的傲气："温毓。"

温毓回身看一眼她抓着自己胳膊的手，郁砚瞬间放开，而后说："你这么和杨从玦还有李绪瑶作对，她们肯定不会放过你的，你，小心点。"

温毓缓缓勾唇："她们，我还不会放在眼里。"

"可是你才刚刚转来，要是成为她们的目标，这两年多都不好过了。"郁砚低下头，轻声说，"我不想你和她一样……"她不会看不出来，温毓的做的这一切都是因为顾璇。

"你，是不是真的认识小璇？"郁砚问她，"我总觉得，你们应该认识。"

郁砚看向温毓的眼睛,那是一双和顾璇一点都不一样的眼睛,顾璇的眼睛总是低垂着,也从不敢和别人对视。

其实温毓刚转来的时候,郁砚差点以为温毓就是顾璇。别人都觉得顾璇是丑八怪,因为他们都只看到了她脸上的那块红色胎记,可郁砚看到过是她另外的右脸,就和温毓一模一样。

那也是个意外,她从来没有刻意注意过顾璇。

只是那次杨从玦和李绪瑶闹得太过厉害,顾璇正好摔在她的桌上,把她的东西弄得一团乱。

她实在忍无可忍,起身冲杨从玦嚷了一声:"你们够了!"

郁砚在班里向来都是隐形人,杨从玦也不愿意随便得罪她,撇撇嘴转身就和李绪瑶走了。

顾璇以为郁砚是为了帮她,还谢了很多遍。

郁砚的眼神从她脸上扫过,就正好看到她的右脸,其实很漂亮。

温毓说不认识顾璇。

郁砚尽管并不相信,可这也和她没有什么关系。

她要做的只是一步一步地靠近她,赢取她的信任,成为她最好的朋友。

郁砚自己也没有想到,这件事情原来这样简单,她很快就取代宋寄安成了温毓最好的朋友。

杨从玦和宋寄安做的那些事情,她一早就无意间知道了,她甚至什么都不用做,只需要静静地等着温毓和宋寄安决裂,而后自己再走近温毓,一切那样的顺理成章。

顺利地成为温毓的朋友,顺利地因为温毓而靠近了温岫。

她因为温毓被温岫送回了家,一路上她都有些拘束,甚至都不敢看他，因为温毓也在，她一句话都没能和他说。

车在郁砚家门口停下，和温毓告别之后，她才缓缓下车，还没到家她的手机就振动了一下。

她连忙拿出来看一眼，是温岫发来的短信。

简简单单一行字。

"我不喜欢阿毓知道一些不该知道的事情，我想你应该能明白。"

郁砚紧紧握拳，重新将手机放回口袋。

她当然明白，她不能让温毓知道她和温岫的关系，也不能让温毓知道顾璇失踪那个晚上的一切。

她羡慕温毓得到他的爱护，同样也莫名地欣喜。

她要和他保护同样的秘密呢。

温毓除了她之外就没有别的朋友，其实她又何尝不是。

尽管她始终不愿意承认，可她从骨子里透着自卑感，从小就活在郁墨的阴影之下，在那个圈子里，她不漂亮，没什么才艺，性格又不好，根本没有人愿意同她交往，她亦是不愿意主动去接近别人。

所以温毓是第一个，因为她的私心去接近的女生。

熟悉了之后，郁砚发现温毓其实并不像她表面表现出来的那样强势和冷漠。

温毓和温岫在某一方面很像，两人都会戴上面具掩藏真正的自己。

郁砚自己也开始不清楚，对于温毓，究竟是利用还是真心……

可是在郁砚知道温毓和顾璇是双胞胎姐妹之后，一切就开始变得不一样了。

温毓让她不要告诉任何人，可她却忍不住和温岫说了。温岫给了她一张照片，让她放在夏小满的床上，然后再让温毓看到。

是温毓和顾璇小时候的照片。

"就只是这样吗?"她问他。

"不。"温岫说,"你还需要告诉她,你怀疑夏小满就是害顾璇是失踪的那个人。"

"可是夏小满她……"

"不愿意做吗?"

郁砚沉默了一会儿,问:"顾璇失踪的事情,和你有关,是吗?所以你需要我替你转移温毓的注意力。"

他没有回答她的问题,反问:"所以,你不打算做?"

"不。我做。"郁砚说,"你明知道,只要是你让我做的,我都会去做的。"

温岫笑了笑,伸手将她揽入怀里:"真乖。"

她的脸贴在他的胸口,深深吸一口气。

"可是,我可一点都不希望这些事情,阿毓会知道一星半点。"他低下头,在她的耳边轻声说。

她说好。

温毓那样信任她,她说的一切她都信。

她一边觉得她那样傻,一边又一天比一天害怕,万一她知道所有真相,到时候会怎么样?

当温毓问她:"郁砚,你为什么会和我做朋友?我没意思,明明一点都不讨人喜欢。"

郁砚心口乱跳,笑得有些尴尬:"哪有什么为什么?"

温毓的眼神很奇怪,像是已经知道了一切。

她忽然心慌,拉住了要走的温毓:"阿毓,我……"

"怎么了？"温毓回头，看她。不知为何，眼中仿佛透着一丝若有似无的期待。

　　所有的话都梗在喉咙里，什么都说不出口。

　　一开始就别有心机，到了这一刻，哪还有什么真心可言？

　　郁砚笑了笑，松开了手，对她说："没什么，明天见。"

　　"好，明天见。"她垂下了眸子，转身走了开去。

　　郁砚看着她的背影，格外心神不宁。

　　她们都说明天见。

　　第二天，郁砚却再也没有见到温毓。

　　她从别人口中得知原来前一天傍晚晏怀先和温毓一起出了车祸，如今双双躺在医院。

　　郁砚在医院的28楼见到了出车祸的温毓。

　　温岫说她忘记了一切。

　　可是郁砚看到她眼睛的那一刻就知道了，那不是温毓。

　　一个人的记忆会消失，眼神却不会变。

　　可如果不是温毓，那又会是谁？